Laurence Cossé

Le coin
du voile

Gallimard

Laurence Cossé a publié cinq romans et un essai politique.

Le coin du voile a reçu le prix des Écrivains croyants 1996, le prix Roland de Jouvenel de l'Académie française 1997, et a été distingué par le jury Jean Giono 1996.

PREMIÈRE PARTIE

LES CASUISTES

Lundi, 20 h 32

Bertrand Beaulieu referma la porte de son bureau, considéra les piles de bouquins, de classeurs, de papiers, de journaux où d'autres auraient vu un vulgaire désordre, mais dont il savait l'ordre minutieux, et conclut : oui, c'était la solitude qu'il préférait. Tous les jours, presque tous les jours il se posait la question : était-il heureux dans la solitude, ou en compagnie de ses pairs ? Puisque sa vie voulait qu'il fût seul et jamais ne fût seul. À sept heures et demie, le soir, l'heure du dîner sonnait pour lui comme une délivrance. Il travaillait cinq heures, six heures l'après-midi (le matin il recevait ; que préférait-il, se mettre à écrire, enfin ? ou enfin arrêter d'écrire ?). Le soir, il avait hâte de retrouver les siens à table. Et la réponse alors ne faisait aucun doute, c'étaient eux, sa part de bonheur. Leur seule existence, le son de leurs voix, de leurs toux, leurs odeurs, leur esprit, leur culture — le chatoiement chaque soir fascinant de la somme de leurs savoirs —, leurs marottes, leurs tics...

Mais le repas fini, la tasse de café encore à la main,

13

Beaulieu ne pouvait se le taire, il était repris du désir de se retrouver seul. Inimitable café, pâle et tiède, qui n'existait que dans *leurs maisons* en ce pays du café le plus juste qui soit ; café risée de tous, mais dont personne n'avait réussi à obtenir qu'il changeât ; mystère, réel mystère. Tasse en fausse opaline blanche, anodine a priori, mais désagréable, à l'usage. Et au même instant, tous les soirs, désir de se retrouver seul — non, désir de se retrouver.

Bertrand ne s'accordait pourtant qu'une heure, au dîner, sept heures et demie-huit heures et demie. Après quoi, pour autant qu'il n'avait pas de conférence à faire, ni de débat à animer, il remontait à son bureau. Mais cette heure suffisait à le retourner. Décidément son bien-être était dans la solitude.

À vrai dire, il ne supportait pas plus la solitude que la société de ses pairs, observait souvent, l'œil sur lui, et la main sur le fourreau de sa pipe, son vis-à-vis à table et confrère, par ailleurs psychanalyste et taxi de nuit, Thomas Blin.

Du moins, se dit Bertrand en allant à la fenêtre de son bureau, du moins ses inclinations successives étaient-elles autant d'états du désir. Désir de leur présence, puis désir de silence. Il tira les rideaux. Le pouls du désir.

Ainsi, avant le dîner, la seule vue du courrier du jour qu'il n'avait pas encore ouvert accablait Bertrand : trois centimètres d'épaisseur, dix lettres au moins, auxquelles il fallait répondre dans la soirée, car le lendemain en apporterait autant. Et une heure plus tard — à quoi cela tenait-il ? une heure à rien : des mots, de la fumée — la même pile de courrier avait quelque chose d'attirant. S'asseoir, crayons à droite, feutres à gauche. Devant, les blocs de papier. Ordre et silence, autonomie. Quelque chose d'un jardin le soir, mais oui. Vérifier dans son agenda la liste des choses-à-faire-encore, trouver « courrier », biffer « courrier ».

Une enveloppe plus grande que les autres dépassait du tas. C'était aussi la seule en papier kraft. Beaulieu la sortit du lot. Il avait reconnu l'écriture malade renversant sur la gauche, presque à les coucher, des caractères démesurés. Ce fou revenait à la charge. Un Martin Quelque Chose qui, dix fois déjà, avait envoyé à Beaulieu, de même, par la poste, la preuve de l'existence de Dieu. Dix démonstrations différentes, un jour par la logique, trois mois plus tard par la chimie, une fois par la sémantique, une autre par l'absurde, chaque fois argumentées sur quinze ou vingt pages, que Bertrand lisait jusqu'à la dernière, chaque fois. Car il répondait. Enfin, il avait répondu, sur le fond, à trois au moins de ces courriers. La grande enveloppe glissa sous le tas. Les autres passeraient d'abord.

À dix heures, Beaulieu y était encore. Lui qui savait si joliment répondre en trois lignes — si haïku —, ce soir il avait dû consacrer dix minutes à la plus simple des réponses. Rien que des questions d'importance. Onze « Monsieur le directeur ». Pas un « Mon vieux Bertrand », pas un « Mon oncle ».

L'article sur l'avortement à lui seul était responsable des trois quarts des lettres. À peu près autant de soutiens que d'attaques. Des soutiens qui ne faisaient pas plaisir à Bertrand — idéologiques, excessifs : à croire qu'on ne l'avait pas lu. Des attaques qui faisaient mal. Il aurait fallu oublier des phrases. Il avait bien fallu les lire. « Comment la Compagnie casuiste tolère-t-elle en son sein un esprit faux tel que le vôtre ? »... « On dit que la rotation des fonctions est de règle chez les casuistes, et que le provincial un jour est le lendemain aux cuisines. Monsieur, nous avons hâte de vous savoir aux fourneaux. Si exécrable soit votre cuisine, elle ne fera jamais le mal de vos écrits. »

Et des offres de collaboration à la revue. Des demandes d'emploi. La table des matières d'une thèse : l'auteur la voyait publiée telle quelle. Une proposition — une dame, aimable du reste — de remplacer le titre *Regards* par *Jésus*.

Dix heures vingt-cinq. Enfin. Il ne restait plus que la lettre brune. Beaulieu l'ouvrit, exaspéré d'avance. Mon Dieu, le nombre de cinglés que Vous mettez au monde. L'écriture était effrayante, une espèce de broderie ne laissant pas la moindre marge à droite ni à gauche, pas plus qu'en haut ni en bas. Il n'y avait que six feuillets, ce soir, moins que les autres fois. Beaulieu prit un carré de chocolat dans le tiroir de son bureau et commença à lire.

Six pages plus loin, il tremblait. Cette fois la preuve n'était ni arithmétique, ni physique, ni esthétique, ni astronomique, elle était irréfutable. La preuve de l'existence de Dieu était faite.

Bertrand eut la tentation, une seconde, de balancer la liasse à la corbeille. L'heure était venue pour le monde de « *la grande épreuve* [1] ». Les forces des ténèbres allaient mener leur dernier combat contre l'évidence, et il était la voix, la minuscule voix humaine qui devait donner le signal des hostilités.

Mais immédiatement il s'allongea par terre, à plat ventre, de tout son long, comme le jour de son ordination.

Combien de temps était-il resté sur le sol ? Il s'assit, regarda sa montre : plus d'une heure. Il étouffait, maintenant, de ce qui ressemblait à de la joie. Il fallait qu'il parle à Hervé. Hervé ne dormait jamais, à minuit. Bertrand se releva et décrocha le téléphone, au bout de son bureau. L'inter. Le 30. Il avait vu juste : Hervé décrocha aussitôt.

1. Apocalypse, VII, 14.

Lundi, minuit

« Monte », dit-il. Raccrocha. S'étira dans un grand craquement des jointures des épaules. À minuit, Hervé se sentait de taille à confesser l'enfer. Bien plus qu'après dîner, où il avait le coup de barre de ceux qui sont debout tous les jours à six heures.

Quelle grâce que cette amitié entre Bertrand et lui. Minuit, j'ai un mot à te dire. Viens donc. Et s'il était deux heures du mat' et que tu me tirais du lit, même chose. La transparence entre eux. La complémentarité, l'affection.

Bertrand le doux, maigre et méticuleux dans son costume de velours usé jusqu'à la corde et increvable, comme lui. L'inquiet, le scrupuleux. L'homme à tourner sept cent soixante-dix-sept fois sept fois sa pensée dans la caverne de son crâne. Un discret d'entre les discrets, que l'on connaissait maintenant jusque dans le grand public pour l'audace de ses prises de position. Un comble. Le radical de la théologie morale. Le démon pour les intégristes : à les entendre, un fossoyeur de la tradition, un violent — un vrai protes-

21

tant ! Bertrand qui souffrait tant au cœur de la tourmente levée tous les mois par son éditorial dans *Regards*. Que les agressions mettaient par terre. Qu'il fallait soutenir à bras le corps.

Et l'autre, Hervé, moi — que Bertrand appelait son rempart. Au physique, en effet, un pilier de rugby. Mais pour le reste, aucune idée, pas la moindre imagination. Capable tout au plus de seriner son cours d'ontologie cataphatique ; et de remettre infiniment, les bons jours sur le métier, les autres au lendemain, le traité qui manquait encore en la matière.

« Entre ! », dit Hervé haut et fort, et alors que Bertrand allait frapper.

Il écouta son visiteur sans l'interrompre, aucun geste, et sans que son visage traduisît rien de ses réactions.

Bertrand s'arrêta. Il n'avait pas lâché les six feuillets. Épuisé, il les tendit à son ami.

Hervé ne les prit pas. Il eut son bon sourire de rugbyman vainqueur.

« Rassure-toi, dit-il, aucune preuve de l'existence de Dieu n'a jamais tenu. »

Ces preuves, et leur histoire, grandiose et dérisoire, la succession depuis que l'homme pense de ses tentatives de prouver Dieu, là, c'était son domaine. Chaque année, à la fin de mars, le printemps ramenait avec ce chapitre un des grands moments de son cours. Les étudiants — à quatre-vingts pour cent des futurs prêtres — au début protestaient : quel besoin de preuves ? Heureux âge : ils venaient de faire le grand plongeon, laissant le doute derrière eux comme le plongeur s'enlève au plongeoir. Un jour, le plongeoir leur dégringolerait sur la tête. « Et quand bien même », riaient-ils. Et puis ils se prenaient au jeu, ils voyaient ce qu'a de très noble le pari de l'intelligence humaine de connaître Dieu jusqu'à le prouver.

Bien sûr, les preuves ne valaient pas, ou plus comme preuves. Mais comme réflexions sur Dieu, elles allaient loin. En tant que réponses, elles ne pouvaient suffire. En tant que questions, elles ouvraient des problématiques superbes.

Hervé se leva. Dès qu'il se lançait dans un propos un peu docte, il retrouvait la déambulation péripatéticienne.

« Il y a des limites à la raison, Kant l'a établi à jamais. Aucun raisonnement, aucune théorie ne pourra démontrer *que* Dieu est — pas davantage qu'Il n'est pas. Attention : on peut au contraire, et on doit savoir *ce qu'*est Dieu. Le moyen, sinon, de Le distinguer du diable ? L'idée de Dieu n'est pas contradictoire. »

Il avait l'air ravi. Dans sa tanière de trois mètres sur quatre, encombrée plus encore que celle de Bertrand, il faisait demi-tour à chaque fin de phrase et, à chaque virgule, il devait éviter un obstacle.

« La science, qui prouve, ne peut s'aventurer au-delà du monde des phénomènes. Le bon Newman l'a dit, on n'atteindra pas Dieu grâce à un *smart syllogism*. Comment une construction rationnelle, reliant dans une suite logique des propositions connues, pourrait-elle conclure à l'existence d'un objet inconnu ? Comment pourrait-elle conclure à son inexistence ?... Et si l'on prétend prouver Dieu, de même si l'on prétend prouver qu'Il n'est pas, ce n'est plus de Dieu que l'on parle. C'est d'une étoile lointaine, d'un objet physique ou mathématique comme les autres. Pas du Dieu transcendant l'espace et le temps.

— Mais lis donc ! »

Bertrand s'était levé lui aussi. Il tenait le manuscrit à deux mains devant lui, comme une icône.

Hervé fit non de la tête :

« Tu ne m'écoutes pas. Tu as tort. L'histoire des preuves de l'existence de Dieu à travers les siècles est celle de Sisyphe. On peut craindre, du reste, pour nos temps modernes, où Sisyphe a baissé les bras au pied de la montagne. »

Il avait pris dans sa bibliothèque un gros livre, et détaillait la table des matières.

« Lis plutôt ! recommença Bertrand.

— Voilà ! Tu as quatre grands types de preuves : la preuve *morale* de Kant, qui à vrai dire est un postulat ; mais avant elle des preuves-preuves, censées être logiquement contraignantes. Écoute les beaux noms : les preuves *cosmologiques,* les preuves *téléologiques* et les preuves *ontologiques.* »

Il posa son livre sur un replat insoupçonnable dans sa bibliothèque comble. Il n'en avait aucun besoin.

« La famille cosmologique voit en Dieu la cause première du monde. La famille téléologique en fait la fin suprême. La famille ontologique n'a recours ni au

24

principe de causalité, ni au principe de finalité : de ce que la notion de Dieu est innée en tout homme, elle déduit l'existence de Dieu.

— Je sais, coupa Bertrand. Ce n'est pas de cela que je te parle.

— Avec Platon, on est dans l'ontologique : toute chose participe des Idées éternelles, lesquelles à leur tour participent de l'Idée unique, souverain Bien, Beau originel et Esprit du monde.

« Aristote prouve Dieu selon la méthode scientifique. Il considère le réel, et s'interroge sur sa cause efficiente et finale.

« Je survole. C'est à Kant que je veux en venir, et à sa démonstration magistrale que les preuves de l'existence de Dieu ne sauraient être scientifiques.

« Pour Augustin, seule une Vérité originelle et éternelle peut expliquer les vérités qu'éprouve l'esprit humain. Seul un Artiste divin peut expliquer la beauté du monde. Seul le souverain Bien comble l'aspiration de l'homme à la Béatitude.

« Anselme, le grand Anselme de Canterbury : lui fait l'impasse sur l'expérience empirique et la méthode scientifique. Tu te rappelles son argument ontologique : l'homme a en lui l'idée d'un Être parfait ; il ne peut pas l'avoir eue seul, il est si imparfait ; cette seule idée implique donc l'existence du Très Parfait. C'est tout simple !

— Mais lis ! », gémit Bertrand.

Il gémit deux heures. « Lis ce que j'ai là ! Tu oublieras tes beaux discours à l'instant ! »

On aurait dit qu'Hervé n'entendait pas.

Mais quand, à deux heures du matin, Bertrand, à bout, lui eut dit : « Je te laisse. Je te laisse surtout la preuve, noir sur blanc », et que la porte se fût refermée sur lui, Hervé Montgaroult s'immobilisa au milieu de sa chambre, titubant — un grand ours à la vue du feu. Il avait les yeux sur l'enveloppe brune, au milieu de sa table à écrire.

Il ne pouvait plus reculer. Tout ce qu'il avait tenté depuis deux heures pour différer le corps à corps avec l'Ange, ce grand numéro de magnétisme verbal auquel, par instants, il s'était presque laissé prendre, n'avait été possible que grâce à la présence de Bertrand.

Alors commença pour Hervé la nuit qu'il devait se rappeler à jamais comme sa nuit de lutte avec la preuve.

Mardi, 8 h 45

Jean-Sébastien Fichart observait l'escogriffe sur le trottoir, l'autre trottoir, boulevard des Invalides. Il sortait d'une heure assez dure en tête à tête avec le conseiller pour les affaires spéciales du ministre de la Coopération, et il ruminait la péroraison sibylline de ce petit marquis quand la vue du grand type l'avait interrompu dans sa pensée au milieu d'une phrase. C'était devenu chez lui une seconde nature de repérer au premier coup d'œil ce qui *n'allait pas* dans un paysage, et bien sûr avant tout les individus qui sortaient du rang. L'énergumène souriait — toujours inquiétant, le sourire. Dix secondes il marcha les bras écartés, la tête en arrière et les yeux fermés. Il portait un accoutrement qui rendait son identification difficile. Et Dieu sait que Fichart excellait à la mise en fiche au quart de tour.

Le grand type n'était ni rasé ni coiffé. Sous son imperméable ouvert, et beaucoup trop court, il avait un pantalon gris sans pli ni forme, et un invraisemblable col roulé à raies horizontales, vertes et rouges, qui ne pouvait qu'avoir été tricoté main.

Il se pressait la poitrine, à présent, côté gauche, de la main droite. Fichart avait compris. Il aurait souri, lui aussi, s'il avait été capable encore d'extérioriser un sentiment. Il n'y avait aucun danger. Le type était fou amoureux, voilà ce qui lui donnait cette allure. Il avait sur le cœur une lettre de son étoile, et il lui fallait la palper toutes les trois minutes.

Hervé pressait de la main la liasse, à travers son imperméable, il sentait comme une chaleur en émaner. Depuis bientôt trois heures il déambulait dans Paris dans un état de pur bonheur. Il était sorti à six heures, alors que le jour se levait — un jour qui s'annonçait bel et frais : il avait eu l'impression d'entrer dans la mer. À l'asphalte lavé, on voyait qu'il avait plu. Hervé n'aurait pas su dire quand. Il lui semblait avoir passé la nuit sous terre.

Il avait marché au hasard, entre Saint-Sulpice et Cambronne, sans penser à regarder l'heure. Le temps n'était plus le temps. Les rares voitures roulaient ou très vite ou très lentement dans les rues élargies par le silence. Hervé n'arrivait pas à savoir s'il était profondément calme ou surexcité.

Lui qui pouvait, s'il le fallait, rester enfermé deux jours d'affilée sans rien perdre de son tonus, et qui l'avait fait si souvent, pour finir un article ou remanier un cours en fonction de l'actualité, voyant la nuit pâlir il avait eu besoin d'aller éprouver dans la grande ville sa conscience neuve d'être au monde.

Il ne lui semblait pas marcher. Le futur, le passé dansaient autour de lui. Des voix le caressaient, une foule de voix échappées des jours à venir et issues de la nuit des temps.

Encore quelques heures, quelques jours peut-être, et les millions de dormeurs invisibles autour de lui, les milliards de morts et d'enfants à naître allaient voir leur vie s'éclairer.

Dieu n'était plus mystère. Le mal n'était plus un mystère. Dieu n'était plus ni déchirant ni déchiré, et la question qui réveillait l'homme la nuit depuis des siècles, l'affreuse question ne se posait plus de savoir s'Il avait ou non part au mal.

Dieu était l'Immensément Beau. Dieu Tout, abolissant la dualité et conciliant l'inconciliable. Dieu Fête, et non plus torture pour l'esprit. Dieu Lumière éclairant l'horreur — et bien sûr le mal n'existait pas contre lui : comment quoi que ce fût pouvait-il exister contre Dieu ?

Hervé était passé deux fois rue de Sèvres. La deuxième fois, Paris se levait. Les cafés ouvraient. Les femmes, après les hommes, faisaient leur apparition. Hervé avait envie de leur crier : Inutile ! Restez chez vous. Allumez la radio, la télévision. Attendez !

La question ne se posait plus de croire. Le monde était intelligible. Les oreilles entendaient : la création n'avait plus rien de cacophonique. Les yeux voyaient : l'univers jusque-là brouillé comme un dessin holographe trouvait sa profondeur et son sens.

Vers sept heures Hervé s'était assis sur un banc, rue Dupleix, un moment. Un homme presque nain, les

31

joues bleues de barbe, rentrait deux poubelles. Hervé avait hâte qu'il *sache*. Qu'importerait alors qu'à soixante ans il fût concierge comme à vingt, et encore plus tassé, et qu'il n'eût pas posé la première pierre de son rêve d'une maison chez lui, loin, là-bas, en Algarve.

Il ne changerait rien à son emploi du temps. Tout serait pourtant différent. Pedro ne travaillerait plus dans l'amertume, mais dans la conscience d'être et d'avoir été sa vie durant à une place nécessaire au même titre que les autres. Ni plus ni moins. Nécessaire.

Deux messieurs passaient, à l'arrière d'une limousine. Hervé les suivit des yeux.

Il n'y avait plus de succès : la mer, la neige ont-elles des succès ? Plus d'échec : un arbre connaît-il l'échec ? Plus de hiérarchie entre les hommes : la nuit est-elle supérieure au fleuve ?

Edgar-Quinet, Montparnasse, Raspail. Vers huit heures et demie, les boulevards s'étaient remplis. Hervé marchait toujours, sans fatigue, ni faim, ni soif, ému à la pensée que ces hommes et ces femmes uniformément pâles et qu'il aurait voulu étreindre tous vivaient là leurs derniers moments de solitude.

Dans quelques heures, quelques jours au plus, ces gens couverts de bleus allaient connaître une sécurité définitive. Ce qui les taraudait, à l'instant, sur le boulevard — la façon qu'il a eue de dire : « Paula, je t'aime *beaucoup* », son air de trouver la minute interminable ; les pourquoi, les pourquoi sans réponse : pourquoi lui ? pourquoi à dix ans ? pourquoi un enfant de dix ans meurt-il d'un cancer ? pourquoi le mien ? pourquoi moi ? — , tous ces tourments ne disparaîtraient pas, mais ils auraient enfin une raison d'être.

Il n'y avait pas de souffrance qui ne fût soufferte en Dieu. Rien n'était sans Lui, rien n'était souffert qu'Il ne le souffrît. Dans quelques heures, plus personne ne serait seul. Chacun vivrait dans la jubilation de la connaissance, et la joie de savoir sa vie intime à Dieu et Dieu intime à sa vie.

Sans doute, un temps, tout s'interromprait. On n'irait plus à son bureau. On enverrait les enfants à l'école, mais les enfants s'arrêteraient en route, happés par de grands cercles d'orateurs en larmes.

On parlerait sur les trottoirs, dans le métro, à l'entrée des églises. Ah, les prêtres ne sauraient plus où donner de la tête ! On parlerait des heures sous la pluie. On parlerait entre voisins qui s'étaient toujours regardés de travers. Les époux séparés depuis dix ans s'appelleraient au téléphone, de très loin.

La poste resterait fermée. Il y aurait un écriteau sur la grille : « Alléluia ». Au contraire les musées ne fermeraient plus, ni le métro, ni les jardins publics. Les préposés ne sauraient plus où étaient allées valser leurs casquettes.

On aurait l'impression, plusieurs jours, d'une espèce de grève, d'ivresse générale.

Les boulangers ramèneraient le monde à la raison. « On travaille, nous autres. Vous avez faim, on fait le pain. Mais nos réserves de farine sont presque épuisées. Redescendez sur terre ! Reprenez chacun votre place. »

Alors les choses rentreraient dans l'ordre, dans ce qui semblait auparavant le désordre de la création, et qui apparaîtrait enfin clair et beau. Beaucoup ne changeraient pas leur vie. Beaucoup la changeraient. Rien ne serait plus comme avant, mais rien de ce qui est ne disparaîtrait. L'homme se connaîtrait vraiment libre.

Mardi, 8 h 58

La façade sur rue de la *casuistière* avait son aspect habituel. Pas de bousculade à la porte, pas de journalistes, caméra au poing. Hervé regarda l'heure. Il aurait dit midi, mais il était neuf heures moins deux. Bertrand n'avait pas dû encore parler à grand monde. D'abord il fallait informer la hiérarchie, et la hiérarchie est à son bureau à neuf heures.

Dominique était à son poste, sous la voûte, derrière sa porte vitrée. Ni le standard ni les allées-venues à cette heure ne devaient l'occuper beaucoup, il rêvait, il priait peut-être. Il eut en direction de l'arrivant son semi-salut, cette inclination hésitante de la tête, et ce commencement de sourire qui ne compensait pas l'angoisse dans ses yeux.

Dominique. On ne le connaissait que sous ce prénom. Il devait avoir trente ans, maintenant, mais il ne les paraissait pas. C'était presque un simple d'esprit. Fin de traits, longiligne, il eût été joli garçon sans ce doute sur soi qui embarrassait tous ses gestes. Il aurait voulu rentrer à la Compagnie, qui ne l'avait pas admis en son sein. Mais on l'avait gardé. Il était resté rue Madame, comme portier-standardiste. Il vivait là depuis dix ans.

Tout le monde l'aimait. On aurait navré tout le monde en faisant remarquer la condescendance profonde, inconsciente et générale dont il était l'objet.

Hervé poussa la porte de verre :

« Dominique... »

Il s'assit à côté du portier. Il n'avait plus de jambes, tout à coup.

« Dominique, tu as cinq minutes ? »

L'autre opina, sur le qui-vive.

Hervé sortit de son imperméable l'enveloppe, et de l'enveloppe la liasse :

« Lis ça. Je te remplace au standard. Montre-moi comment ça marche. »

Dominique se détendit :

« Quand ça s'allume ici, tu appuies là. Tu renvoies sur chacun des postes en enfonçant la touche en face. À cette heure-ci, c'est calme. »

Les feuillets à la main, il alla s'asseoir dans le coin de la porterie, sur une chaise. La fenêtre, à côté de lui, donnait sur le jardin, rose de pivoines, en cette fin mai.

Hervé s'était interdit de regarder lire le jeune homme. Il tint cinq minutes et se retourna.

Dominique avait les feuillets sur les genoux. Il sourit à Hervé, sans autre émotion. Toute angoisse avait disparu de son regard. Il avait le plus beau visage d'homme qui se peut voir.

« Comme nous sommes heureux, dit-il simplement.

— Oui, dit Hervé. Je n'ai pas dormi de la nuit. Je viens de faire un grand tour dehors, par moments je partais en courant. »

Il changea de ton :

« À d'autres moments j'ai pleuré de remords. »

Dominique ouvrit des yeux étonnés.

« J'ai tellement douté de Dieu, dit Hervé. Au fond je n'ai jamais cru être aimé. Comment dire ? Je me suis toujours senti un peu *juste*. En famille, j'étais le lambin de la troupe. J'avais des devoirs de vacances. On m'aidait — ma mère. Je savais trop pourquoi. Elle n'aidait pas les autres. Jeune homme, je me trouvais balourd. Je n'avais rien de particulier : pas de don clair, pas de passion. Je n'étais ni artiste, ni sportif, ni véritablement intellectuel. C'est ce qui m'a poussé, je crois, à postuler à l'entrée dans la Compagnie. Casuiste, c'était bien. C'était particulier, c'était fort. Ce n'était pas *moyen*.

« Les considérations sociales ont compté dans mon admission. Mon père était un magistrat connu, tu sais peut-être ça.

« Une fois casuiste, j'ai déchanté. Dans ce milieu de vrais intellectuels, je n'étais plus moyen, j'étais mauvais. Je me suis mis à travailler. Comme un fou, par haine de moi et de mon insuffisance. Tu le sais peut-être aussi, j'ai un traité en cours, depuis dix ans. Il m'a fallu choisir le sujet le plus ardu qui soit. Je ne m'en sors pas.

« Enfin, je ne m'en sortais pas. Car j'abandonne.

Ou plus exactement, ça m'abandonne. Ça m'est passé, tôt ce matin. Me voilà délivré : de cette idée d'insuffisance, de mon horreur de moi, de la volonté puérile de me prouver tout seul et à moi-même que j'étais *à la hauteur*. À la hauteur de quoi ? Moyen je suis, moyen je suis aimé.

— Il faut des livres pour comprendre, dit gravement Dominique.

— Ah, Dominique ! Ce n'est pas pour expliquer que j'écrivais. Ou si peu. Ce que j'ai prétendu écrire à ma façon était déjà écrit, et mieux. »

Il se frappa un coup sur la poitrine, dans un rire.

« Allez, c'est le passé ! Mon cours, lui, je le garde. Je n'ai pas travaillé en vain. Je connais sur le bout du doigt la pensée des autres ! »

Il découvrit à la seconde qu'il ignorait, depuis dix ans, où Dominique avait sa chambre dans la maison.

« Et toi, Dominique, qu'est-ce que tu vas faire ?

— Que veux-tu que je fasse ? Regarde, on appelle. Je vais répondre. Je ne chôme pas, tu sais, après neuf heures. »

Hervé fit une exception à son habitude et prit l'ascenseur. Sa chambre était au quatrième. Il y montait toujours à pied, deux à deux. « Gamin ! », lui disait le vieux père Morin, ouvrant sa porte d'angle à son passage, au troisième, et sur le ton « Quel tintamarre ! »

Cette fois la fatigue engourdissait Hervé. Il allait tâcher de dormir une heure. Impossible de retrouver ce qu'il avait à faire ce mardi. Étrange : un vrai trou de mémoire. Non, pas si surprenant : on n'est pas tous les jours irradié comme Hervé l'avait été dans la nuit.

Mais avant de dormir, il fallait voir Bertrand, lui parler, lui rendre la liasse. Réfléchir avec lui au meilleur moyen d'informer les autres. Aviser les autorités.

Bon, son emploi du temps. Hervé avait peut-être rendez-vous au diable à neuf heures, il devait en avoir le cœur net. Il entra dans sa chambre et vit Bertrand Beaulieu, au fond, debout devant la fenêtre et qui se retournait à son entrée.

« Je t'attendais, dit Bertrand. Tu as lu ? Ton lit n'est pas défait, où étais-tu ? »

Ils rirent, ils s'étreignirent. Ils pleurèrent. Ils se turent un long moment.

Soudain Hervé bondit sur ses pieds.

« Nom d'un saint ! Je ne sais plus ce que j'avais à mon programme ce matin. À l'heure qu'il est, j'ai dû poser déjà un ou deux lapins, tu vas voir. »

Son calepin le rassura. La plage huit heures-douze heures était barrée d'un grand X qui signifiait : travail de fond. Entre douze heures trente et treize heures, il était écrit : Marie-Jeanne.

« Champ libre. Dis-moi, il ne faut pas tarder à prévenir Le Dangeolet.

— Je l'ai appelé, juste avant que tu n'entres. J'ai eu du mal à obtenir de le voir ce matin. Il ne comprenait pas ce qui me pressait tant. Enfin, il nous attend à midi et demi. Oui, j'ai dit que nous serions deux. Je t'en prie, viens avec moi. »

Le provincial de la Compagnie avait son bureau dans l'immeuble sur le jardin, au second. Hervé se coucha et ne dormit pas. Bertrand essaya de se mettre à la lecture du dernier Illich, dont il devait faire la recension dans *Regards*, il lut quatre-vingts fois le premier paragraphe. Tous deux se retrouvèrent par hasard dans le jardin pivoine à midi vingt, et ils se dirigèrent vers le bureau de leur supérieur aussi lentement que possible.

Mardi, 12 h 30

Hubert Le Dangeolet était d'excellente humeur ce mardi. C'était d'ailleurs le cas tous les matins depuis son élection, et deux jours sur trois du matin au soir. Son accession à la fonction de provincial, six mois plus tôt, l'avait réjoui encore plus qu'il ne se l'avouait. Dieu sait pourtant qu'il s'en félicitait, au réveil en particulier. Il ouvrait les yeux, se souvenait : je suis heureux, *très* heureux, pourquoi donc, déjà ? Bien sûr : provincial. Alléluia.

Le téléphone sonna devant lui, sur son grand bureau de cuir noir.

« Votre rendez-vous de midi et demi, bourdonna Jean de Bizzi, son jeune secrétaire. Les pères Montgaroult et Beaulieu. »

Le Dangeolet les avait oubliés.

« Faites-les monter, dit-il. Mais rappelez-leur bien que je n'ai qu'un quart d'heure. »

Beaulieu et Montgaroult : Le Dangeolet les avait eus tous les deux comme professeurs, dans une vie antérieure. Ah, les bons serviteurs de la science et de la Compagnie, s'attendrit-il quinze secondes. Les beaux intellectuels, courageux, intègres, ascétiques. Depuis six mois, Hubert Le Dangeolet n'avait pas eu une heure pour une réflexion de fond. Il pensait aux soutiers savants de la Compagnie comme un universitaire depuis peu dans un cabinet ministériel pense à ses anciens collègues restés professeurs, sans cesse à leur dire : Vous avez la meilleure part, et persuadé du contraire.

Que pouvaient bien lui vouloir ces deux-là ? Beaulieu avait à solliciter tous les mois l'*imprimatur* de son provincial, mais c'était la routine, il déposait très à l'avance l'ensemble des articles dont il pensait faire un numéro de *Regards,* et Le Dangeolet faisait lire le tout au petit Bizzi, un puits de science fraîche et de sûre doctrine.

« Entrez ! », dit le provincial, surpris qu'aucun écho de conversation n'ait précédé le coup à sa porte.

Mon Dieu, pensa-t-il aussitôt, quand me donnerez-Vous le courage d'entreprendre Montgaroult sur sa tenue ? La correction fraternelle selon saint Matthieu l'exige, et je n'ose pas.

Il n'y avait qu'un fils de famille (nombreuse) et célibataire de cinquante ans pour s'accoutrer avec autant de — comment dire ? Mauvais goût n'était pas le mot, le goût n'entrait pas en ligne de compte. Montgaroult s'habillait avec une indifférence absolue à ce qu'il portait. S'il avait tiré ses habits de son placard au hasard dans le noir, le résultat aurait été le même. Comment appeler ça ? Une espèce de *n'importe quoi bien né.* Car le fond de fripes de Montgaroult était peu ou prou ce qu'un jeune homme de bonne famille bazarde à vingt ans, lorsqu'un premier amour le décide à s'habiller correctement. Cette fois, ce brave Hervé avait un pantalon gris fer de trente ans d'âge, et un pull de pêcheur de crevettes, rouge et vert, que sa vieille nounou avait dû lui tricoter pour ses dix-sept ans.

« Comment ? dit Le Dangeolet à Beaulieu, qui le regardait avec insistance. Qu'est-ce que tu viens de dire ?

— J'ai dit : Dieu existe, Hubert. Nous l'avons toujours cru, mais depuis hier, nous en avons la preuve. »

Par la suite le provincial devait s'en souvenir, et le faire savoir à qui de droit, il ne vacilla pas un instant.

Un bobard. En démontrer l'inanité *fissa* : telle avait été sa première pensée (Le Dangeolet tenait d'un père général des spahis une dizaine de mots arabes qu'il avait toujours plaisir à utiliser, même in petto). Seconde pensée, dans la foulée : mais j'ai encore un malade sur les bras.

Pauvre Beaulieu, si provocant, si vulnérable : il n'avait pas résisté à ces tirs groupés contre sa personne. Il touchait la liasse, qu'il avait posée sur le bureau de Le Dangeolet, avec des gestes d'officiant à la consécration, il la poussait vers son supérieur et ne savait que répéter : « Au nom du Ciel, lis ceci ! »

Mais il n'en était pas question, Le Dangeolet avait à faire. À une heure il déjeunait avec le président de la commission des Affaires étrangères de l'Assemblée ; à trois heures il voyait Bérut, de TF1, pour négocier son temps de parole à l'émission « Sexualité-Sexualités » ; à quatre heures il avait rendez-vous avec Mahuzet, de la banque Mahuzet, dont on lui assurait qu'il avait les moyens de le faire entrer au Cercle Hoche.

Et puis Le Dangeolet n'avait *pas envie* de lire ces feuillets que Bertrand Beaulieu lui mettait maintenant dans les mains, couché sur son bureau, ou presque. Il n'avait même aucune envie de les toucher. Il analyserait plus tard ce recul, pour l'heure il eut l'inspiration qu'il fallait. À tout problème, sa commission.

« Nous allons faire examiner ce texte par nos experts, dit-il à Beaulieu en repoussant vers lui les papiers. Du reste, Montgaroult, tu n'es évidemment pas ici par hasard. Y a-t-il plus expert que toi pour ausculter cette dernière-née des preuves de l'existence de Dieu ? »

Mais Hervé Montgaroult avait lu le document, et il en était bouleversé. Dieu se manifestait là, dit-il. Quiconque lisait ces lignes en était convaincu dans l'instant.

Deux malades, nota Le Dangeolet. Voilà qu'en plus, c'est contagieux.

« Des experts, pourquoi pas ? soupirait Beaulieu. Ils seront retournés comme les autres. Mais je t'en prie, fais vite. Je ne pourrai pas me taire longtemps. »

Le Dangeolet pianotait déjà sur son carnet d'adresses électronique. Il décrocha son téléphone et composa un numéro.

« Michalet, de Louvain, et Schmuckermann, de Bâle, demanda-t-il à Montgaroult avant qu'à l'autre bout du fil on eût décroché, ça te va ?

— Très bien. *Le* spécialiste de saint Anselme, et le

maître de la problématique théologique de la vérification. Il y a aussi Gründler, à Munich.

— Deux suffiront. Mais il nous en faut d... Allô ? Le père Michalet ? »

La commission-d'examen-de-la-preuve fut sur pied en six minutes. Les deux experts pouvaient être à Paris le lendemain matin.

« C'était inespéré », dit Le Dangeolet. Il regarda sa montre. « Quant à moi, vous ne m'avez même pas retardé. »

Il se levait. Il se rassit.

« Il va de soi que nous devons garder le secret le plus rigoureux sur cette affaire. Ce document ne peut être communiqué en aucun cas. Vous imaginez le risque d'une divulgation, à ce stade ? »

Il ne précisa pas : Vous imaginez que *les autres,* l'institution séculière, s'en emparent ? Il reprit :

« L'un de vous a-t-il un double de ces papiers ? »

Montgaroult fit non de la tête. Beaulieu balbutiait :

« Non, c'est idiot, c'est... invraisemblable, je n'ai pas pensé à faire de photocopies. Ma vie a changé de plan, toutes mes habitudes de méthode, de précaution m'ont quitté...

— Excellent. »

Le Dangeolet, l'enveloppe à la main, se dirigeait vers le mur sans fenêtre de son bureau. Il décrocha l'icône de la Trinité et découvrit un coffre-fort, encastré.

« Ce document ne sortira pas d'ici », dit-il.

Il avait ouvert et refermé le coffre.

« Je le ferai expertiser ici. Et si nous le communiquons, ce sera d'ici. »

Il tint la porte à ses confrères et les fit sortir avant lui avec une courtoisie qui signifiait manifestement : « Dépêchons ! »

Dans l'ascenseur, sous la lumière ignoble, Beaulieu et Montgaroult avaient des airs d'otages. Il fallait que Le Dangeolet joigne Thomas Blin dans l'après-midi. Peut-être d'ailleurs Blin, apôtre pourtant de l'antipsychiatrie, estimerait-il qu'en l'occurrence la psychanalyse ne ferait pas le poids, et qu'un coup d'arrêt médicamenteux s'imposait. Il jugerait. Mais il n'y avait pas de temps à perdre, les deux pauvres chers avaient besoin de soins. Une preuve de l'existence de Dieu ? Et puis quoi, encore ? Pourquoi pas une apparition ?

« J'oubliais, dit faiblement Bertrand Beaulieu, comme à nouveau son supérieur lui tenait la porte, sur la rue, cette fois, il faudrait peut-être en savoir un peu plus sur celui qui m'a envoyé la preuve ? Il habite Massy-Palaiseau.

— Bonne idée, dit Le Dangeolet. Tu sais où le trouver ?

— Il a mis son adresse et son téléphone en haut de sa lettre.

— Tu les as notés ?

— Les six feuillets sont gravés dans mon esprit, y compris l'en-tête.

— Va voir cet homme, ça t'aidera à patienter. » Le provincial fit un au revoir de la main. « Je prie pour vous deux. Je vous appelle demain, après la réunion de la commission. »

Mardi, 13 h 20

Hervé Montgaroult était bon coureur, dans sa course il faillit renverser, rue du Vieux-Colombier, une colonne de carton, sur le trottoir, supportant « Eau de Prix », de Dior, mais il ne put être au Lutétia avant une heure vingt. Il ne se rappelait plus pourquoi Marie-Jeanne avait souhaité déjeuner avec lui. L'heure du rendez-vous, par contre, il s'en souvenait. Il avait trente-cinq minutes de retard.

Le grill était bondé. Et ces glaces, aux murs, qui multipliaient la foule à l'infini : il perdit encore un moment à chercher Marie-Jeanne. Enfin, il l'aperçut, debout, agitant ses deux bras dont l'un était prolongé d'un foulard Hermès. Il voyait leur mère, faisant signe de même à l'un de ses huit enfants dans la cohue d'une gare parisienne un jour de grand départ, ou à leur père, le procureur, arrivant en retard au cinéma.

Marie-Jeanne Bellard-Moyaud avait un an de plus que son frère Hervé et ne manquait pas une occasion de le lui faire sentir. Lui l'aimait bien. Ils étaient *les petits* de la horde. Qu'ils aient passé la cinquantaine n'y changeait rien. Ils se ressemblaient comme des jumeaux. Mais autant son physique à la Kundera était un atout pour Hervé, autant la même charpente faisait de Marie-Jeanne une espèce de grand cheval à collier de perles. Hervé n'aurait su dire si sa sœur était une femme malheureuse qui ne s'était jamais autorisée à le penser, ou une femme trop gâtée pour avoir beaucoup de sensibilité. Elle avait un époux conseiller d'État, sérieux au sens le pire du terme. Et cinq rejetons déjà grands qu'elle gouvernait sans partage, Jean-Cyrille Bellard-Moyaux ne connaissant qu'un accès à la réalité, les dossiers.

Hervé s'assit, ému :

« Marie-Jeanne, dit-il, Dieu existe.

— C'est d'avoir trouvé ça qui t'a mis en retard à ce point ? explosa son aînée. Écoute, mon vieux, à deux heures je vois le directeur de Stan pour savoir si Étienne est pris en section S, tu as une demi-heure pour choisir tes meubles — je te rappelle qu'il y en a huit pages —, alors ne perdons pas de temps, tu veux bien ? Qu'est-ce que tu commandes ? »

Bien sûr, se souvint Hervé : le partage des meubles de la maison d'Houlgate. C'était cela, l'objet du déjeuner. Cadet de ses soucis, à présent.

« Marie-Jeanne, répéta-t-il, *Il existe*. »

Sa sœur le dévisagea :

« Qu'est-ce que tu as ? Tu es bizarre. Tu n'as pas eu de vision, au moins ? Je croyais que dans ta congrégation, ça ne se faisait pas.

— La révélation que j'ai eue, le monde entier va l'avoir avant peu. Ah, Marie-Jeanne ! Nous n'avons jamais fait confiance à Dieu. Nous n'avons cessé de Lui reprocher ce que nous ne comprenions pas dans sa création, et d'appeler mystère, dans le meilleur des cas, ce que nous lui reprochions : mystère du mal à l'œuvre dans le monde, mystère du Grand Silence quand les cris du juste torturé montaient vers Lui. Et nos prières étaient puériles : nous demandions à Dieu de corriger son œuvre. Délivre-nous du mal... Garde-nous de ceci... Sauve-nous de cela... Comme si le plan divin était cafouilleux. Mais le mystère se dissipe et tu vas voir, l'humanité entière va voir : nous ne pouvons que rendre grâce. Le Puissant a fait pour nous des merveilles...

— Hervé, coupa Marie-Jeanne, j'entends la formule tous les dimanches à la messe depuis cinquante ans. Si c'est ça, ta révélation, le monde va être déçu. »

Elle héla le garçon :

« Vous nous donnerez une deuxième entrecôte, je vous prie. »

Hervé ne releva pas :

« Dis-moi, tu peux garder un secret ?

— Ça dépend. D'ailleurs, tu viens de me dire que la planète entière allait être informée.

— Garde le secret quarante-huit heures. Avant quarante-huit heures, le monde sera entré dans une nouvelle ère. Tu connais Bertrand Beaulieu ?

— Celui qui est pour l'avortement ?

— N'exagère pas. Mais lui, oui.

— Eh bien ?

— Il reçoit beaucoup de courrier, de tout, des choses très bien, des âneries. Depuis trois ou quatre ans, quelqu'un, qu'il prenait pour un fou, lui a envoyé une douzaine de démonstrations de l'existence de Dieu, plus loufoques les unes que les autres. Mais hier soir, c'est la preuve de l'existence de Dieu qui lui est arrivée, du même inconnu, tu m'entends ? *La preuve.* »

Hervé s'interrompit :

« Ne me regarde pas comme ça ! Tu as exactement la tête qu'avait maman quand je me plaignais d'être mal le matin d'un contrôle de maths. »

Mardi, 17 h 45

Bertrand Beaulieu vit la plaque « rue Chevrier »
avec soulagement. Il était en retard. Il ne prenait
jamais le RER, il avait sous-estimé la durée du trajet
Luxembourg-Massy. Puis il s'était perdu dans la petite
ville.

Une grande fatigue plombait ses pas. Si Dieu avait
voulu qu'arriver jusqu'au découvreur de la preuve fût
tout simple, le diable entendait bien faire son possible
pour compliquer les choses.

Ce bon Satan ! La partie devenait captivante pour
lui. Les yeux des hommes allaient s'ouvrir. Tout était
possible en ce monde, du sublime à l'ignoble, le Père
y consentait. Le Fils sauvait les hommes, s'ils le vou-
laient bien. Le Père était en jeu dans sa création.
Qu'elle se perde, Il se perdait avec elle. Qu'elle se
sauve, suivant le Christ, le Père aussi était sauvé.
L'Esprit appelait l'homme à coopérer à cet œuvre de
rédemption, mais le laissait plus libre que jamais. La
preuve, comme avant elle les preuves imparfaites,
éclairait la conscience humaine. Mais cette fois, elle

l'éclairait totalement. Jamais l'homme n'avait été aussi souverain. En s'imposant, Dieu s'exposait.

Se risquant, vers une heure et quart, à faire le numéro gravé dans sa mémoire, Beaulieu avait trouvé Mauduit chez lui. La voix ne ressemblait pas à l'écriture de la lettre. Une voix d'homme effacé. « J'attendais votre appel. » Peut-être pas si effacé.

Mauduit ne demandait qu'à parler, mais dans l'immédiat, non : il avait des cours à donner en début d'après-midi. Professeur, oui, de physique et chimie. À La Providence, à Verrières. Cinq heures et demie ? Très bien, cinq heures et demie.

Le 32, rue Chevrier ne payait pas de mine, à travers son grillage. Un pavillon de meulière, dans un jardinet sans arbres. Il y avait trois noms sur la boîte aux lettres, dont, écrit à la main, *M. Mauduit*. Bertrand appuya sur la sonnette, en regard. Il s'était mis à pleuviner.

Une porte s'ouvrit sous un auvent, sur le côté de la maison. Le quartier baignait dans un grand silence. Martin Mauduit se présenta en ouvrant le portail. Un petit homme, dans les soixante ans, frêle et chauve. Son sourire et ses yeux, l'assurance et la joie dans ces seules parties de sa personne rappelaient quelqu'un — Bertrand trouva presque aussitôt : Mgr Gaillot. L'évêque dont tous les Français, y compris ses partisans les plus chauds, s'étaient demandé en 1995 si c'était saint François d'Assise ou Narcisse.

Mauduit occupait deux pièces à l'étage. Il fit monter Beaulieu dans une chambre où les livres étaient l'essentiel du mobilier ; il en enleva quatre ou cinq de l'unique fauteuil.

Il était d'une simplicité troublante. Il prépara du Nescafé sans avoir demandé à Bertrand s'il en voulait, et n'attendit pas les questions pour entrer dans le vif du sujet.

Il avait été prêtre, d'un autre diocèse, en province. Connaître Dieu était toute sa vie. Son seul but : Le penser, *Le trouver par la pensée.* Il lui semblait être né pour cette gageure.

Il s'y était épuisé. Il avait perdu — la foi, sans doute pas, il n'avait jamais eu exactement la foi, puisqu'il lui fallait la certitude —, en tout cas la claire vision de son ministère. Dans la nuit, dans l'obsession, il s'était convaincu qu'il lui fallait demander sa réduction à l'état laïc et chercher, ne faire que chercher. Dix fois il avait cru avoir trouvé.

« Je vous envoyais mes démonstrations, dit-il à Bertrand, parce que, je ne sais pas... » Il eut son merveilleux sourire : « Il me semblait que vous cherchiez aussi, à votre façon, à approcher Dieu *dans l'intelligence.* »

Mais deux jours plus tard, Mauduit se rendait compte qu'il s'était trompé.

« J'ai cru devenir fou, dit-il. Ma solitude était complète, une solitude entièrement vouée à cette tâche surhumaine. Ce n'était pas moi, pourtant, qui m'étais imposé ce défi ! Si j'étais seul, c'était dans la Main qui me tenait. Nous étions deux. J'ai crié à l'aide. Je me suis mis en prière — ou On m'a mis à genoux. Je n'avais plus que ce recours, qui avait l'air d'un aban-

61

don et qui était tout le contraire : prier, prier ma quête jusqu'à ce que je sois mis sur la voie, aussi longtemps qu'il le faudrait. »

Mauduit avait prié six semaines, jour et nuit. Il priait de toutes ses forces, il ne faisait rien d'autre. Il dormait à genoux. Il ne sortait plus. Il était incapable d'assurer ses cours. Sa logeuse mettait un pain sur son paillasson le matin. Assez vite il sut que les seules issues seraient la connaissance ou la mort. Il sourit : « Dans les deux cas la connaissance. »

Quand il disait ce mot, *connaissance,* on entendait *naissance.*

Six semaines, un jour et deux nuits : et ce fut l'illumination. La preuve fut donnée à Mauduit comme les Tables de la Loi à Moïse sur le mont Sinaï : probablement dictée — il ne se souvenait de rien. Un jour, au petit matin, alors qu'il avait passé la nuit en prière de même que les précédentes nuits, sortant d'un évanouissement noir il avait trouvé par terre, autour de lui, des feuillets couverts de son écriture. On aurait dit des notes prises à toute allure, mal écrites, mais claires. Mauduit n'avait eu qu'à les recopier, sans en changer un mot.

Mercredi, midi

Le Dangeolet referma la porte de son bureau sur un quatrième au revoir aux deux experts, et en trois pas fut à son téléphone. Mais au lieu d'appeler comme il l'avait promis Beaulieu et Montgaroult, il décrocha son téléphone et posa, dans l'ordre, le combiné sur sa table, sa personne sur son fauteuil et son menton sur ses deux mains croisées.

Il était très contrarié. Les dernières vingt-quatre heures l'avaient vu passer d'un franc scepticisme, quant à cette histoire de preuve, à l'obligation, l'irritante obligation de prendre l'affaire au sérieux.

Pour commencer, la veille au soir, Beaulieu lui avait rendu compte de sa visite à ce Mauduit par qui tout avait commencé. (Beaulieu, calme, définitif, énervant lui aussi.) Et il fallait bien reconnaître que le processus de révélation était conforme à la tradition la plus sûre. Le chemin d'épreuves et de pauvreté, la nuit ; la foi dans cette nuit, malgré tout, comme la lueur au fond de la forêt ; et puis, sans signe avant-coureur, par grâce, l'éblouissement. Rien à redire. Martin Mauduit ne pouvait pas être écarté comme un vulgaire cinglé.

Et à l'instant, devant Le Dangeolet, la commission-d'examen-de-la-preuve avait conclu à l'évidence d'une seconde Révélation, et de quelle façon !

Le tout n'avait pas duré un quart d'heure. Karl-Conrad Schmuckermann et Léon Michalet, l'un et l'autre, apprenant pourquoi les faisait venir le provincial de France, avaient manifesté la même prévention goguenarde. Une preuve de l'existence de Dieu ! La même gourmandise.

Ils en prenaient un air de ressemblance, eux pourtant différents autant qu'il est possible : l'un débonnaire, le Wallon, un peu gras, malin comme un singe ; l'autre méticuleux, l'air d'un médecin suisse. On aurait dit deux normaliens montant un canular. À l'instant pour eux de se prononcer ès qualités, toute une formation commune, une culture, une méthode, un langage les rapprochaient bien plus que ne les distinguaient les vingt ou vingt-cinq années qu'ils avaient pu vivre avant d'entrer dans la Compagnie. Nous soutenons le contraire et nous faisons bien, se disait à les voir Le Dangeolet, mais nous autres, casuistes, nous ressemblons tous.

Il avait installé ses confrères à sa table de conférence, devant la grande baie de son bureau, et s'était efforcé de paraître absorbé dans son courrier un moment.

Michalet avait lu la liasse en trois minutes et il s'était mis à pleurer, des larmes de joie. Schmucker-

66

mann lui avait pris les feuillets des mains, s'y était plongé à son tour, et s'était agenouillé, extatique.

Les yeux sur eux, Le Dangeolet sentait lui revenir à la mémoire le chapitre VIII du *Connaître Dieu* en trois tomes de ses années de noviciat : chapitre VIII, « Physiologie des états illuminatifs ».

Il avait eu du mal à ramener ses deux confrères à un état leur permettant de raisonner normalement. Tous deux ne savaient plus que répéter : « La preuve est là », « Elle est faite », et s'émerveiller : « Tout est si simple, et nous cherchions si loin. »

Schmuckermann ! Le vainqueur par K.-O. de Hans Küng dans la célèbre controverse sur « Paradigme et falsification », en 77 !... Et Michalet ! Dont l'article sur l'Immutabilité divine dans le *Lexicon für Theologie und Kirche* avait fait monter le pape au créneau !... Schmuckermann et Michalet pareils à des enfants, tout à coup ! « La preuve est faite », « Alléluia ! »

Le Dangeolet les avait remerciés, exhortés au silence et congédiés, un peu vite, peut-être. Il avait besoin d'être seul.

Il parlerait plus tard à Beaulieu et à Montgaroult. Le combiné, le ventre en l'air, émettait un bip-bip qui interdisait la concentration. Le Dangeolet raccrocha, décrocha, dit à Bizzi qu'il n'était plus là pour personne et reprit sa position de méditation.

Il se força à regarder les feuillets, restés sur sa table de conférence. Il aurait dû être attiré par eux, il s'en rendait bien compte. Et il ne l'était pas. Il n'avait toujours aucune envie de les lire, c'était peu dire. Pas envie de perdre le sens. Pas envie de changer de vie.

Trop content de son programme pour l'après-midi, la projection, en salle privée, à la Gaumont, avenue de Neuilly, en avant-première d'*Un homme, un vrai,* ce film sur le Christ qui promettait un beau débat.

Il alla brusquement à la grande table, remit les feuillets dans leur enveloppe en prenant soin de n'en rien lire, et renferma le tout dans son coffre-fort.

Qu'est-ce que c'était que cette nouvelle Révélation, deux mille ans après la première ? Une Révélation complète. Une ultime Révélation. Et pourquoi ce grand éclairage, sinon pour signifier que commençait le fin des temps ? Le Dangeolet avait peur de ces six feuillets.

Il se rassit. Les yeux fermés, il respira profondément. Il était convaincu. Il refusait de se laisser toucher, tout son être se rebellait à l'idée de se rendre, mais il lui fallait bien admettre que la preuve était là. On ne berne pas quatre casuistes. Pas quatre sur quatre.

« Dieu existe », dit à mi-voix, très lentement, le père Le Dangeolet.

Et une pensée lui vint à l'esprit, qui en quelques secondes enfla, s'émut, l'occupa tout entier. Pensée ni bien mystique ni trop spirituelle : ON A GAGNÉ ! Dieu soit loué d'avoir ainsi glorifié la Compagnie casuiste ! Loué soit Dieu d'avoir voulu que la Compagnie soit l'instrument de sa révélation aux temps modernes !

Le Dangeolet sourit. Vision mirifique, lui signala discrètement le chapitre XI de *Connaître Dieu,* « Typologie des visions ». Le provincial voyait, à Rome, au milieu de son grand bureau, Campo dei Fiori, le général des casuistes réfléchir tout haut devant lui : Demander au souverain pontife d'annoncer la nouvelle au monde ?... Non. Finalement, non. Laisser plutôt cet honneur à... oui, à notre cher père provincial de France. Mon ami, ne protestez pas...

Le rêve cessa net. Il était urgent de mettre sur pied la stratégie de gestion de la preuve, sans quoi rêve il resterait.

Priorité : le plus grand secret. Mettre hors d'état de jaser Beaulieu, Montgaroult, Michalet, Schmuckermann. Et Mauduit, que diable !

Problème : ce dernier se trouvait être un ancien prêtre. La Compagnie, dès lors, pouvait-elle légitimement doubler la hiérarchie ecclésiale ? Certes, c'était Beaulieu (c.c.) qui, le premier, avait authentifié la preuve. Mais cette preuve avait été donnée à un prêtre, un humble prêtre, un prêtre sans doute toqué de l'Église vulgaire...

Résolution : voir au plus vite le général de la Compagnie.

Le Dangeolet décrocha son téléphone, dit à Bizzi : « Trouvez-moi très vite le père Waldenhag » et reprit sa méditation, les doigts cette fois joints devant les lèvres.

Il n'était pas aisé de réduire au silence les cinq initiés. Bien sûr on pouvait leur faire jurer de se taire — on y avait pensé. Mais Beaulieu l'avait dit, c'était leur demander l'impossible.

Les faire interner ? C'eût été parfait. Seulement faire interner quelqu'un est très difficile, *en pratique,* en démocratie : il faut avoir à sa botte un toubib, un préfet... La famille...

Dommage, regretta le fils du général Le Dangeolet, qu'un provincial de la Compagnie casuiste ne puisse, simplement, mettre aux arrêts ses subordonnés, quelques jours.

Le téléphone sonna. Bizzi, le ton dégagé : « Le père Waldenhag a embarqué à midi et quart dans l'avion pour Calgary, où il arrivera à neuf heures ce soir. »

Mercredi, 12 h 30

« Centre Saint-Agapet, dit Dominique. Je vous le passe... Centre Saint-Agapet... Je vous passe son secrétariat... Centre Saint-Agapet... Il n'est pas à Paris aujourd'hui. Demain, oui... Centre Saint-Agapet... Je vous le passe... »

À midi et demi, d'habitude, il s'arrêtait. Il installait le répondeur qui disait à sa place : Rappelez à deux heures, et allait déjeuner. Il hésita, ce mercredi. Il se sentait bien à son poste. Le monde arrivait jusqu'à lui dans ce flux de voix suffisantes, amusées, intimidées, tendues.

Dominique disait : « Je vous le passe », et c'était au Tout Proche qu'il s'adressait. À Vous celui-ci... Celui-là... Je Vous le passe.

Il continua quelques minutes et finalement se leva. Il n'avait pas non plus de raison de ne pas aller déjeuner.

DEUXIÈME PARTIE

LES POLITIQUES

Mercredi, 13 h 30

Il avait dû pleuvoir dans la nuit, les Tuileries étaient boueuses et Jean-Cyrille Bellard-Moyaux voyait ses Weston « Régent » se crotter abominablement. Mais pour la première fois de sa vie, lui si maniaque, il s'en fichait.

Au lieu de déjeuner comme chaque jour à la Brasserie du Louvre, place du Palais-Royal, le restaurant le plus proche du Conseil, JCBM était allé marcher dans les jardins des Tuileries.

La veille, vers minuit, Marie-Jeanne lui avait rapporté en détail sa conversation avec son frère. Elle était ennuyée pour ce pauvre Hervé.

« La question ne se pose plus de croire, avait dit Hervé à sa sœur. La cruauté du monde et la bonté de Dieu ne sont plus contradictoires. Les fautes, les folies, les monstruosités humaines trouvent enfin leur sens. Athéisme, agnosticisme, scepticisme : les mots de la modernité vont devenir des mots du passé. »

« Rien compris, disait Marie-Jeanne. Je l'ai fait répéter deux fois. »

Hervé décrivait comme un choc amoureux l'effet qu'avait eu sur lui la lecture de la preuve — il disait *la preuve*. Il voyait deux vies dans sa vie, celle qu'il appelait *aveugle*, avant le choc, et l'autre — il disait *illuminée*.

« Je crains une expérience mystique », soupira Marie-Jeanne sans lever les yeux de l'anorak dont elle changeait la fermeture Éclair. « Pour lui, et pour le père Beaulieu, la preuve de l'existence de Dieu est faite. »

Pourquoi pas une expérience mystique, analysait en l'écoutant Jean-Cyrille. Qu'un père casuiste ait connaissance de Dieu, où était le mal ? Deux pères casuistes, même, plus un prêtre séculier, pourquoi pas ? Mais que leur illumination laisse *un texte*, un objet palpable et intelligible, accessible à tous et bientôt livré aux médias : l'affaire devenait alarmante.

On quittait le terrain privé. On passait au domaine public — ou au trouble public.

Marie-Jeanne n'avait pas l'air autrement inquiète. Elle a l'impression de ne rien apprendre de neuf, s'agaçait son époux. Elle ne voit pas en quoi ce qui somme toute est rabâché depuis deux mille ans pourrait être préoccupant.

Lui, Jean-Cyrille, à l'inverse, avait tout de suite été *touché* par la nouvelle, moins au cœur, ou à l'âme, qu'à cet organe propre aux meilleurs commis de la République qui est chez eux le siège de l'État-c'est-moi. Le fonctionnaire modèle en lui s'était senti responsable de cette affaire, personnellement. Au Conseil, en 93, à l'époque où les foulards islamiques commençaient à

claquer sur la France, il avait creusé la notion de laïcité. Il était persuadé qu'autour de cet épicentre sensible se jouait un équilibre social infiniment fragile.

Il marchait à travers les Tuileries, la tête à ses sup-
putations. Il aurait été stupéfait de voir le relevé de ses
pas.

Entré dans les jardins par l'accès côté Louvre, avait
enregistré Fichart. A fait le tour complet du bassin est,
avant de piquer sous les arbres vers le pont de Solfe-
rino. Mais au bas des marches menant au pont, a
rebroussé chemin. Semble revenir sur ses pas.

Allure discontinue, tantôt précipitée, tantôt lente ;
normale, à l'occasion. Vêtements de bon ton. Propre,
à l'exception des chaussures. Taille : petite. Corpu-
lence : mince. Teint : bilieux. Silhouette juvénile,
pour un âge avoisinant les cinquante-cinq ans. Probablement haut fonctionnaire. Signe particulier : parle
tout seul.

En-di-guer-la-la-me-de-fond, faisait sans le savoir
Bellard-Moyaux des lèvres. Si la preuve était divul-
guée, il y aurait des vagues, des grosses. Il fallait prévenir le déferlement avant qu'il ne commence.

En se couchant, la veille, JCBM s'était dit que la
nuit l'apaiserait. Mais il avait mis des heures à s'endor-
mir. Marie-Jeanne ronflotait, répandue sur l'oreiller,
à sa droite. Elle avait le chic pour émettre ce ronron-
nement minimal que l'on guette, au fond, au lieu que
l'on se barricade contre un ronflement plus franc.

À sept heures et demie, jaunâtre, Jean-Cyrille avait

appelé son beau-frère Hervé. Il l'avait vu en tête à tête et trouvé très changé.

Hervé souriait sans discontinuer. Mauvais signe, le sourire fixe. Qu'un homme politique l'affiche, il sait qu'il va perdre les élections. Une femme : elle est décidée à vous quitter. Un fils : il s'est fait coller au bac.

Pour sa part, Hervé laissait tomber l'œuvre de sa vie, cette « Ontologie » à laquelle il travaillait depuis dix ans. Il avait exposé à son beau-frère une thèse fumeuse sur l'horreur de soi que l'on met dans une œuvre, dans un travail et dans l'action en général. Lui lâchait prise. Plus d'ambition, plus de visée, plus de programme. Pour tout plan de vie, ce qu'il appelait *la présence*. Et l'amour, évidemment. L'aaamour.

Jean-Cyrille était convaincu. Pareil revirement ne trompait pas. Les anges en paradis ne travaillent pas, qu'on sache. La Compagnie casuiste détenait la preuve de l'existence de Dieu.

Bellard-Moyaux avait plusieurs engagements professionnels ce mercredi matin, notamment l'affaire des cinq archivistes du Conseil qui pratiquaient depuis des années, semblait-il, le travail en alternance et la semaine de un jour ; aussi était-il allé à son bureau. L'esprit totalement ailleurs, il avait dû sembler bizarre à ses interlocuteurs, qu'il n'entendait pas.

À midi il avait prié sa secrétaire d'annuler son déjeuner, d'annuler tous ses rendez-vous de l'après-midi.

Depuis il marchait dans les Tuileries (le col retourné, ajouta Fichart à son rapport mental, le loden passé à la hâte). Il voyait comment, en quelques semaines, la preuve de l'existence de Dieu peut ruiner l'équilibre laïc. Car l'équilibre tient à l'incertitude de l'existence de Dieu. L'absence de preuve de l'existence de Dieu oblige à respecter les incroyants ; mais l'absence de preuve de l'inexistence de Dieu à respecter les croyants.

Que les croyants voient leurs convictions certifiées : quelle porte ouverte au fanatisme ! Quelle rage chez les incroyants !

Peut-être qu'athéisme et agnosticisme allaient devenir des mots vains, mais liberté, sûrement pas. L'homme moderne refuserait d'abandonner son libre arbitre. Pour cent qui s'agenouilleraient, cent resteraient debout.

Et comment allaient réagir les musulmans ? Si Bellard-Moyaux avait bien compris, c'était le Dieu trinitaire des chrétiens qui manifestait sa réalité. On allait voir l'Islam du monde entier aux abois, des manifestations monstres en France, la République ébranlée...

Il était urgent d'avertir l'Intérieur. JCBM connaissait Panzani, le directeur de cabinet du ministre — il était de la même promotion de l'ENA. Évidemment, il ne l'avait pas vu depuis leur scolarité commune, rue des Saints-Pères. Bellard-Moyaux était sorti de l'école dans la botte, Panzani mal classé : de ces écarts qui vous éloignent pour la vie. Depuis trente ans, Jean-Cyrille bûchait sans gloire, à l'ombre de son glorieux Corps. Mattéo Panzani, cependant, se lançait dans la politique, jouait la carte corse, prenait un patron, et ce patron, Zonza, nommé ministre de l'Intérieur, lui confiait son cabinet.

Jean-Cyrille allait faire antichambre Place Beauvau, à partir de deux heures moins le quart. Il ne pouvait attendre un rendez-vous. Il arraisonnerait son camarade à son arrivée : Mattéo ! L'autre serait froid deux minutes. Mais la nouvelle aurait raison de son ressentiment.

Alors qu'il revenait au bassin Louvre, a fait demi-tour une fois encore, nota Fichart, pour filer en sens opposé, direction la Concorde. Accélère le pas. Puis regarde sa montre, freine, et au contraire s'applique à marcher lentement.

Mercredi, 18 h 40

Le provincial de France de la Compagnie casuiste marchait nerveusement dans le jardin du Luxembourg. Il n'avait rien fait de bon de l'après-midi. Jusqu'à ce que, perdu pour perdu, il se résolve à aller chercher le calme à l'air frais.

Déjà, devoir attendre neuf heures du soir pour joindre au téléphone le père général était une épreuve. Mais plus pénible encore, depuis midi Hubert Le Dangeolet n'avait toujours pas trouvé le moyen de mettre hors d'état de n... de parler les cinq initiés.

Les faire interner ? reprenait-il pour la trentième fois, impossible. Alors les faire hospitaliser, simplement, dans un service de médecine générale ? Mais comment les rendre malades, ou les faire blesser ? Provoquer un accident façon polono-roumaine avant 89 était aussi toute une organisation. Et puis à l'hôpital, même blessé, on parle. Une infirmière, informée de ce que Dieu existe bel et bien, peut s'en ouvrir à une amie, laquelle, catholique, court porter la nouvelle à son curé : l'Église est dans le coup.

Non, corrigeait Le Dangeolet, ce qu'il fallait, c'était les éloigner, les cinq cocos.

Leur adresser un faire-part de décès fictif d'un de leur pair, tchèque ou finlandais ? Avec obsèques à mille kilomètres ? L'ennui est que dans ces cas-là, celui qu'on a expédié prématurément ad patres se débrouille souvent pour passer l'arme à gauche dans les deux jours. On a du remords. Désagréable, le remords.

Faire inviter les cinq à un colloque ? Évidemment ! Cinq intellectuels !

Le Dangeolet shoota dans un seau de plastique orphelin. Il fallait agir vite, et on n'est jamais invité sans délai à un colloque. On est pressenti six mois à l'avance, de façon à pouvoir se dégager, ne pas y parvenir, jouer les coquettes six ou huit semaines — préparer sa communication se fait dans l'avion.

Et Waldenhag qui planait en plein ciel, inaccessible. Le Dangeolet devait attendre encore deux heures, dans la meilleure des hypothèses, plus probablement trois ou quatre.

Rentrant rue Madame à sept heures et quart, il vit Dominique sortir sur ses talons de son habitacle : « Père Le Dangeolet ! » Le père de Bizzi cherchait partout le provincial, il avait demandé qu'on guette son retour au standard.

Dominique disait cela sur le ton le plus détaché. Heureux Dominique, se dit Le Dangeolet, deux dixièmes envie, huit dixièmes condescendance : bien tranquille dans son ignorance et son irresponsabilité.

S'il avait su, cet esprit simple, ce que son interlocuteur tenait secret depuis trente-six heures !

Le petit Bizzi était en effet dans tous ses états. On avait appelé de Matignon à cinq heures, à cinq heures et demie, à six heures. Le Premier ministre voulait voir le provincial de toute urgence.

« Vous savez à quel sujet ? demanda Le Dangeolet

— On ne m'en a rien dit. Il semble que ce soit confidentiel. Il faudrait que vous rappeliez le secrétariat particulier du Premier ministre, au 45 55 22 11. »

Le Dangeolet prit le temps de s'asseoir à son bureau et composa le numéro. Il tomba sur une secrétaire genre mûr et sûr qui lui dit tout de suite : « Je vous passe le Premier ministre. »

Mercredi, 22 h 15

Les deux hommes s'étaient fait déposer au coin des rues Madame et Honoré-Chevalier. Ils marchaient en silence rue Madame, et dans l'obscurité ils ne croisèrent qu'un chien qui n'eut pas un regard pour eux. Personne ne les vit s'arrêter au 42 *bis*.

Le père Le Dangeolet confondait parfois les deux codes, mais ce soir il n'hésita pas : RAISONPRATIQUE à la porte cochère, RAISONPURE à l'entrée de l'immeuble sur le jardin. Des veilleuses éclairaient la cage d'escalier la nuit, il ne fit pas donner d'autre lumière. Suivi de l'ombre en grand manteau qui l'accompagnait, il monta sur la pointe des pieds jusqu'au deuxième étage et, l'oreille tendue, tourna la clé de son bureau.

Il poussa la porte aussi lentement qu'un mari volage au petit matin. Les charnières grinçaient et le bruit, signalant le retour du provincial, faisait aussitôt s'ouvrir dans la maison deux ou trois portes de confrères qui, depuis un moment, attendaient de pouvoir parler à leur supérieur.

Le Dangeolet voulut faire passer devant lui l'ombre, qui refusa, entra donc le premier, alluma la lampe bouillotte posée sur son bureau et revint verrouiller la porte qui ne l'était jamais.

Dans la pénombre il conduisit son visiteur jusqu'à sa table de conférence, l'y fit asseoir, alla baisser le store à la fenêtre, alluma une autre et non moins petite lampe sur la grande table et répéta pour la douzième fois : « Je vous mets en garde, monsieur le Premier ministre. »

Jean-Charles Petitgrand avait posé avec soin son manteau sur le dossier d'une chaise. Il était assis tourné vers le provincial, les jambes croisées, la droite sur la gauche, les mains elles aussi jointes au creux de son giron, et le bout fort brillant de sa chaussure droite laissant seul percevoir son impatience au mouvement rythmique qui l'animait. Il ne répondit rien à la treizième mise en garde du père Le Dangeolet mais abaissa fermement et simultanément les paupières, signe qu'il maintenait sa requête.

Le Dangeolet alla jusqu'à son coffre, l'ouvrit en prenant soin que son dos masquât la combinaison à la vue de Petitgrand, et en sortit l'enveloppe brune. L'écriture, dessus, lui sembla encore plus marteau que les premières fois. Comment le diable peut-il bien écrire ? Évidemment le provincial ne croyait pas au Diable avec un grand D, des cornes et une queue fourchue, mais on ne savait jamais, ou plutôt on ne savait plus, les choses se précipitaient, depuis deux jours, et dans le sens d'une réaffirmation de la tradition, semblait-il.

Le Dangeolet remit l'enveloppe au Premier ministre qui, toujours imperturbable, la posa sur la table et changea de lunettes.

Il retourna à son bureau. Sans feindre cette fois de s'absorber dans ses propres papiers, sans dissimuler il observa Jean-Charles Petitgrand. Il n'était pas fâché d'être témoin de la prévisible sujétion de ce prince caricatural.

Petitgrand l'avait manipulé en maître. Cet homme, le plus courtois qu'il eût jamais rencontré, était aussi le seul à avoir exercé sur lui un chantage aussi franc.

Ils s'étaient vus à Matignon, dans le grand bureau du chef du gouvernement, entre neuf heures et demie et dix heures du soir. Le Premier ministre savait que dans son coffre-fort le provincial de France de la Compagnie casuiste avait, en six feuillets, la preuve de l'existence de Dieu.

Le Dangeolet en était bleu.

« Qu'est-ce qui a pu... », avait-il commencé.

Petitgrand lui avait coupé la parole en souriant.

« Contrairement à certains bruits que nous laissons courir, nos services de renseignement sont efficaces, monsieur le provincial. »

Et le Premier ministre souhaitait lire le document.

Le Dangeolet aurait dû ouvrir des yeux ronds, faire l'imbécile. Il manquait d'habitude, il n'y avait pas pensé.

« L'affaire est strictement religieuse, avait-il dit, très sec. Elle ne relève que des autorités religieuses. »

Le sourire du Premier ministre s'était fait désagréable.

« Nous savons à qui cette preuve a été révélée.
Inutile de préciser que cet homme est sous surveillance. Nous n'aurions aucun mal à obtenir le
document directement de lui. On nous dit que ceux
qui l'ont lu le savent mot à mot. Il nous a semblé plus
séant de vous le demander. »

Le Dangeolet ne pouvait plus guère que négocier
sa coopération. Il s'était incliné à trois conditions. En
aucun cas le document ne sortirait de son bureau, et
aucune copie n'en serait faite. Les RG seraient dessai-
sis de l'affaire, ils cesseraient leur filature. Enfin, surtout, la révélation au monde de la preuve de l'existence
de Dieu reviendrait à la Compagnie casuiste, et à elle
seule.

Sans mot dire le Premier ministre avait décroché
son téléphone :

« Etchéverry ? Joignez, je vous prie, monsieur le
directeur des Renseignements généraux, et demandez-
lui d'abandonner sur-le-champ l'affaire Père-Fils-
Esprit. » Un hochement de tête retenu. « C'est cela. »

Raccrochant, Petitgrand s'était levé :

« Eh bien, monsieur le provincial, puisque nous voilà
d'accord, voulez-vous me conduire à votre bureau ?

— Tout de suite ? »

Le Dangeolet s'était levé aussi et le regrettait.

« Je vous mets en garde, monsieur le Premier
ministre.

— Je vous en sais gré, monsieur le provincial. Tout

de suite, oui. Mesurez-vous bien l'enjeu ? Il y va de mon devoir et de ma responsabilité. »

Il plissait les paupières.

« Et figurez-vous que *ça m'intéresse* », avait-il ajouté.

Ces derniers mots sur un ton tel que Le Dangeolet s'était demandé, en effet, pourquoi cet intérêt et pourquoi tant de hâte.

Mais après tout, en accédant à une aussi brutale requête, il tenait sa revanche. Il allait voir Jean-Charles Petitgrand aux prises avec plus fort que lui.

Le Premier ministre avait bien sorti de sa poche une seconde paire de lunettes, mais il ne l'avait pas chaussée. Il ne bougeait plus, comme hypnotisé par l'enveloppe devant lui. Il semblait incapable de passer à la lecture des feuillets. Sans lunettes, il avait l'air nu. Le Dangeolet retenait son souffle.

Alors Jean-Charles Petitgrand parut reprendre vie. Son menton se mit à trembler. Il glissa de sa chaise et tomba à genoux. Il pleurait à gros sanglots, les mains croisées sur la table. « Je crois, hoquetait-il. Je ne croyais pas. Je n'étais qu'un pharisien. Je n'aurais pas assez du reste de ma vie pour apprendre l'humilité... Je crois », recommençait-il. Son nez coulait.

Le Dangeolet se leva pour lui donner son mouchoir. Sidération mystique (chapitre VIII, note en bas de page), le cas était patent.

À l'instant le téléphone sonna sur le bureau du provincial. Une stridulation d'enfer. Le Dangeolet se précipita.

« Waldemar Waldenhag ! », dit une voix qui était

97

l'autorité même, à huit mille kilomètres de là. « Père Le Dangeolet, vous avez souhaité me parler dès mon arrivée à Calgary. Je vous appelle de l'aéroport.

— Grand merci. Merci. Voilà. C'est-à-dire... Il s'agit d'une affaire si délicate... J'aurais aimé vous en parler de vive voix.

— Pouvez-vous être à Chicago entre neuf heures et dix heures demain ? À Rome demain soir ?

— Si je peux ? À Rome, oui, je pense...

— Vous m'avez l'air troublé, mon cher. Que se passe-t-il ? Prenons notre temps. Tâchez de m'exposer calmement ce qui vous préoccupe.

— À vrai dire, je ne suis pas seul dans mon bureau.

— J'entends un bruit, en effet. Curieux, du reste. De quoi s'agit-il ?

— De sanglots de Premier min... de sanglots humains.

— Je vois. Rappelez-moi à la Maison Saint-Joseph à partir de... Un moment. Il est ici trois heures et quart, ce qui fait pour vous... Rappelez-moi à partir de onze heures à votre montre. Pas plus tard, je vous prie. J'ai neuf heures de décalage horaire dans le dos — c'est comme ça que vous dites ? — et dans le mauvais sens. »

Jean-Charles Petitgrand ne pleurait plus, mais il était la figure même de l'affliction. Il battait doucement sa coulpe, les yeux sur un point du bureau du provincial, presque au plafond : très précisément la fraction la plus écaillée, entre les deux bibliothèques, de la corniche de stuc dont le père Le Dangeolet, depuis son élection, se disait qu'il était urgent de la faire repeindre.

Mercredi, 22 h 39

Sanpiero Pieri était toujours au coin de la rue, au volant de la Safrane officielle. Voyant revenir le Premier ministre, et cet autre qu'il avait entendu traiter de provincial, il coupa Radio Classique et sortit de la voiture pour ouvrir la portière à son patron.

Ce qu'il vit le laissa pantois. Le chef du gouvernement avait pris l'homme de province par les coudes, il le regardait dans les yeux avec tendresse. Et tout à coup il lui posa la tête sur l'épaule.

Pieri trembla pour la République, espéra pour la Corse. Son patron cependant avait relevé la tête. Le provincial faisait demi-tour. Le Premier ministre le regardait s'écarter, l'œil humide. Il monta dans la Safrane et dit au chauffeur :

« À la maison, je vous prie. »

Mais Pieri n'avait pas mis le contact qu'il ajoutait :

« Nous nous arrêterons en route.

— Où ça, monsieur le Premier ministre ?

— Vous allez m'aider. Il faudrait me déposer au premier presbytère qui se présentera sur le trajet.

— Le premier presbytère... »

Pieri faisait celui qui trouve ça tout naturel. Il essayait de se remémorer les grands clochers du coin.

« Nous pouvons faire le crochet par Saint-Sulpice, c'est à deux pas. Sinon vous avez Saint-Thomas-d'Aquin, boulevard Saint-Germain. Ensuite...

— Très bien, Saint-Thomas-d'Aquin. Vous me laisserez au presbytère. Je n'en aurai pas pour longtemps.

« Plaise à Dieu », précisa Petitgrand après quelques secondes.

Il lui fallait se confesser dans l'heure. Une exception à sa règle de vie : depuis trente ans il se confessait une fois l'an, comme il est prescrit a minima aux catholiques. Mais ce soir, il y avait urgence. L'inquiétude qui l'avait poussé si fort à prendre connaissance de la preuve, à peine le ministre de l'Intérieur lui en apprenait l'existence, ce doute était devenu certitude, culpabilité certaine, et lourde.

Pieri arrêta la voiture face à Saint-Thomas-d'Aquin. La petite place était déserte.

« Vous voyez le presbytère ? demanda Petitgrand en se tordant le cou.

— Une minute. Je vous le trouve. »

Pieri fit le tour de la place. Un assureur-conseil, la Direction du personnel militaire de l'armée de terre, la Régie immobilière de la Ville de Paris : de presbytère, point. Il grimpa le perron de l'église, avisa deux ou trois annonces et redescendit quatre à quatre.

« Le presbytère n'est pas sur la place, dit-il à Petitgrand, et j'ignore où il se trouve. Mais à l'entrée de

102

l'église, il y a une petite plaque où on peut lire : *La nuit, pour le sacrement des malades, s'adresser au 1, rue Montalembert.* »

Le Premier ministre hocha la tête. L'absolution pour un malade, c'était bien de cela qu'il s'agissait.

« Allons-y », souffla-t-il.

Rien ne distinguait le 1, rue Montalembert des immeubles voisins, pas même une plaque.

« Laissez, dit pourtant Petitgrand, j'irai seul. Ne bougez pas d'ici. »

La porte sur la rue était ouverte. Mais au bout du hall d'entrée, on butait sur une autre porte, dotée, elle, et d'un code et d'un tableau permettant d'appeler par interphone une vingtaine de messieurs. Petitgrand détailla les noms. Les deux tiers étaient précédés du P. majuscule informant qu'on avait affaire à des prêtres. Les autres devaient être aussi ceux de prêtres, mais plus jeunes, ou de gauche, enfin hostiles à toute identification spécifique. Petitgrand ne voyait pas selon quel critère déranger l'un de ces saints hommes plutôt que les autres, il appuya sur le bouton *Communauté.*

Un instant il craignit de n'avoir été entendu de personne. Mais la porte s'ouvrit.

« Oui, dit un quinquagénaire à lunettes, en pull gris. C'est pour une urg... »

Au collapsus de sa voix, il fut clair qu'il venait de reconnaître son interlocuteur.

« Vous êtes prêtre ? disait l'arrivant.

— Père Paindavoine, curé de cette paroisse.

— Mon père, je désire ardemment me confesser.

— Par ici, dit le curé. Nous avons un oratoire au rez-de-chaussée. »

Il avait retrouvé son assurance. Il s'était trompé. Ce visiteur ne pouvait être le Premier ministre. Un homme si humble, si contrit.

« Voilà, commença Jean-Charles Petitgrand. Je me suis toujours considéré comme un catholique pratiquant. » Il hésita. « Un *très bon* catholique », ajouta-t-il avec tristesse.

Il croyait croire, et il ne croyait pas. Telle était l'intuition qui lui avait étreint le cœur aussitôt qu'il avait appris que la preuve de l'existence de Dieu était faite. Il avait eu la preuve entre les mains, et l'intuition était devenue consternation. Lui, Petitgrand, croyant sincère et pratiquant irréprochable, au fond n'avait pris au sérieux l'existence de Dieu que cet après-midi de ses soixante-sept ans. Il se croyait si bon chrétien que jamais jusque-là il n'avait eu une pensée de contrition. « Et pourtant, dit-il, navré, mis à part la messe du dimanche, je vivais ni plus ni moins comme j'aurais vécu si j'avais été convaincu que Dieu n'existe pas. Athée, j'aurais été aussi courtois, aussi intègre, préoccupé — un peu — de justice sociale et — beaucoup — de ne pas laminer l'élite de ce pays... Et il a fallu, pour que je prenne *au sérieux* l'existence de Dieu, que, tel saint Thomas, j'en sache la preuve établie... »

Le père Paindavoine était ennuyé.

« Vous voulez bien m'expliquer ce que c'est que

cette preuve dont vous parlez ? », demanda-t-il respectueusement.

Petitgrand remonta en voiture délivré de toute angoisse. Non seulement il avait été absous de son affreuse *incroyance de croyant,* jusqu'à ce jour, mais il avait pensé à confesser son dernier péché, ce misérable bluff qui lui avait permis d'avoir accès à la preuve... Il était pardonné d'avoir fait croire à ce pauvre Le Dangeolet que les RG savaient tout... Pardonné d'avoir été jusqu'à donner devant le provincial, au téléphone, l'ordre de cesser une surveillance qui n'avait jamais commencé à un interlocuteur fantôme — puisqu'il n'y avait personne à l'autre bout du fil.

Il avait tout dit. Le passé était le passé, et le présent un nouvel âge.

À l'instant Petitgrand se souvint que les casuistes sont tous prêtres. Il aurait pu se confesser à Le Dangeolet. Il n'y avait pas pensé. À vrai dire il n'avait pas vu un seul instant Le Dangeolet comme un prêtre.

« Avenue Henri-Martin ? », demanda Sanpiero Pieri qui, jusque-là, avait respecté la songerie de son patron, et venait de voir son visage en poire sourire dans le rétroviseur.

« Oui, Pieri, dit avec bonté le Premier ministre. Nous rentrons. J'ai un dernier arrêt à faire encore, mais rassurez-vous, il sera plus court que celui-ci. Menez-moi rue Rembrandt, près du parc Monceau. »

Tiens, nota le chauffeur. Du nouveau. Adresse inconnue.

« Passez-moi le téléphone, dit Petitgrand, merci. »

Et un instant après : « Allô ? Mimine ?.... Je rentre, oui. Juste quelqu'un à voir encore, et que tu connais. Quel est le numéro rue Rembrandt de ton neveu Belœil ? Benjamin, oui... Le 2. Bien. Et son téléphone ?... »

Belœil, le nom disait quelque chose à Pieri. Mais enfin, un neveu : côté vie privée, ce Premier ministre-là n'était pas marrant.

Alors Jean-Charles Petitgrand se carra dans la banquette arrière de la Safrane. Il n'en croyait pas son corps, son âme, tout son être : il était *heureux*. Il changeait de vie. Quels étaient les seuls moments vraiment clairs qu'il eût connus, depuis quarante-quatre ans qu'il était sorti de l'ENA ? Les seuls à ne pas avoir été infestés par le pouvoir, l'esprit de pouvoir, les manœuvres autour du pouvoir, les terribles réflexes des hommes de pouvoir ? Les moments où il avait soigné ses rosiers à Pontchartrain. Deux ou trois matinées par an, à la belle saison. Loin de la Cour. Le silence. L'air bleu. Mimine n'osant croire qu'il lui consacrait *plusieurs heures,* émue comme aux premiers jours de leur mariage, rajeunie...

Et qu'est-ce qui *tenait*, à présent, dans la vie de Jean-Charles Petitgrand ? Qu'est-ce qu'il allait garder, de ses activités, maintenant qu'il *croyait* ? Ses roses. Sa femme et ses roses. Les dix ou quinze années qu'il lui restait à vivre, il louerait l'Éternel, simplement, à travers l'amour de ses roses, de sa femme et de son prochain, à Pontchartrain.

Mercredi, 22 h 57

« Qu'est-ce que vous dites ? », tonna Waldemar Waldenhag.

Le téléphone avait vibré dans la main du provincial.

« Père Waldenhag, répéta Hubert Le Dangeolet, nous avons la preuve de l'existence de Dieu. »

Concis, précis, il relata les circonstances dans lesquelles était apparue la preuve. Le général le laissa dire et trancha :

« C'est impossible.

— Il a bien été possible à Dieu de se faire homme. Pourquoi lui serait-il impossible de se prouver ?

— Donnez-moi la teneur de ces feuillets.

— Je ne peux pas.

— Comment ça ?

— Je ne les ai pas lus.

— Vous vous moquez ! Lisez-les et reparlons-en.

— Je ne peux pas. C'est-à-dire, je ne veux pas. »

J'ai peur, retint Le Dangeolet. Cette annonce est signe que la fin des temps est proche. Et *je ne veux pas*.

Je ne veux pas mourir, je ne veux pas que le monde passe.

« C'est mon devoir, dit-il. Je dois garder la tête froide et l'esprit libre. Ceux qui prennent connaissance de la preuve sont aussitôt possédés par elle. Ils n'ont plus le moindre recul. J'ai vu quatre de nos confrères basculer l'un après l'autre. Notre province de France ne peut pas passer tout entière au mode de vie franciscain, tendance *ravie*.

— En effet.

— Je viens même de voir plus fort : quelqu'un — je vous dirai qui — retourné par la preuve sans l'avoir lue, à sa seule vue. Vous conviendrez que je ne peux me précipiter.

— Je vous comprends. Et au fond je vous approuve, dit Waldenhag, dubitativement. Je ne crois pas une seconde que la preuve de l'existence de Dieu soit faite. Ma foi m'interdit de croire que la preuve de l'existence de Dieu puisse jamais être apportée. Mon Dieu n'est pas objet de vérification, il est sujet d'amour. Ma foi n'est pas savoir, elle est acquiescement. Il ne s'agit pas d'un calcul mais d'une confiance. »

Il avait pris un ton rêveur, passablement contradictoire avec ses propos.

« Écoutez. Nous sommes aujourd'hui mercredi. Je serai demain soir à Rome. Je vous y attends avec le document. Nous le lirons ensemble.

— Il n'y a pas de temps à perdre, en effet. Un des cinq initiés a parlé.

— Vous êtes sûr ?

110

— Les pouvoirs publics sont informés, au sommet, en tout cas. Devinez qui était dans mon bureau tout à l'heure et m'empêchait de vous parler. Celui qui a cru sans avoir lu...

— Dites.

— Notre Premier ministre, Petitgrand. Les Renseignements généraux sont au courant. J'ai fait ce que j'ai pu pour défendre le secret, mais je suis sans illusion. Si nous n'y veillons pas, l'annonce va se propager comme une traînée de poudre. Ce n'est pas le Premier ministre qui m'inquiète : il est homme à mesurer la charge explosive de l'information. Ce sont les cinq illuminés, nos quatre confrères et Mauduit. Depuis midi je cherche le moyen de les empêcher de parler et, je le confesse, père Waldenhag, je suis indigne de ma charge, *je ne trouve pas !* J'ai cherché dans les directions les plus diverses sans rien trouver de bon, je veux dire de jouable. Je n'ai su que demander à ces malheureux pleins de Dieu de se taire. Ils ne tiendront pas longtemps.

— Les idées les plus simples ne sont pas toujours les moins bonnes. Vous allez partir pour Rome dès que possible avec le document et les cinq initiés. Dites-leur que je veux les voir. Quand ils seront à Rome, je m'en charge. »

Mercredi, 23 h 01

Et pendant ce temps-là, Dominique, dans sa chambre nue, sans un livre, s'endormait sur une prière qui lui venait pour la première fois : « Faites que je ne me réveille pas demain. J'ai un tel désir de Vous voir. Pourquoi me faire attendre ? C'est dur de Vous savoir tellement proche et caché. Mais si Vous préférez que je me réveille demain matin, faites que ce soit pour être aussi heureux que ce soir. »

Jeudi, 2 h 44

Sanpiero Pieri se tourna vers l'arrière de la Safrane et saisit Petitgrand par le poignet.

« N'y allez pas, monsieur le Premier ministre ! »

Mais le Premier ministre ne voulait rien entendre. Il s'était fait conduire en pleine nuit jusqu'au Grand Commis, la boîte gay bien connue. Pieri n'avait pas pipé. Et voilà que son patron venait de lui dire, sans avoir l'air d'y toucher :

« Vous pouvez disposer, mon ami. Je rentrerai par mes propres moyens. »

Pieri s'était senti délié de l'obligation de réserve.

« Monsieur le Premier ministre, vous ne pouvez pas aller dans un endroit pareil ! »

Petitgrand l'avait très mal pris :

« Mêlez-vous de vos oignons, mon vieux. Ma vie privée ne regarde que moi. Est-ce que je vous demande avec qui vous couchez ? Du reste, si vous tenez à le savoir, j'ai rendez-vous au Grand Commis avec Benjamin Belœil... »

119

Pieri ouvrit les yeux. Il était en sueur, dans son lit sens dessus dessous. Il mit un long moment à se calmer. Il n'avait jamais couché avec personne, il aimait trop sa vieille maman. Le chef du gouvernement était hétéro, et vraisemblablement fidèle. Quant à Benjamin Belœil... Tout à coup cela revint à Pieri. On voyait ce Belœil à la télévision au moindre prétexte. Il présidait un institut d'étude des comportements, il savait avant vous pourquoi vous n'iriez pas voter à la prochaine élection, que vous abandonniez le caleçon et reveniez au slip, et dans quelle mesure la réincarnation vous semblait compatible avec la résurrection des corps.

Jeudi, 7 h 36

Le père Paindavoine frappa à la porte de son premier vicaire. Adrien Forest lui ouvrit dans une robe de chambre d'un vert sombre et soyeux. C'était une vocation tardive, et, d'un célibat prolongé, il avait gardé quelques vêtements de bonne coupe. Les deux hommes sourirent en même temps. Ils pensaient tous les deux à Claire Henry-Duparc, née Forest et sœur d'Adrien. Un jour qu'un tiers vicaire regardait, amusé, le veston de tweed rouille éculé à la perfection qu'avait mis Forest pour dîner, celui-ci s'était cru tenu de dire : « Il faut bien que je porte les cadeaux de ma sœur. » Depuis, au presbytère, on ne désignait plus les pièces remarquables de la garde-robe du père Forest que comme « les cadeaux de madame sa sœur ».

« Adrien, dit le père curé, tu peux me rendre un service ? Il faudrait que tu reçoives à ma place l'architecte des Monuments historiques avec qui j'ai rendez-vous à dix heures. Je dois aller impromptu à l'archevêché, et j'ai peur d'y passer un bout de temps. »

Georges Paindavoine ne pouvait garder pour lui ce

qui lui avait été confié dans la nuit. Il n'avait pas mal dormi pour autant, au contraire. Après le départ du Premier ministre, il était resté troublé une heure. Puis il avait pris sa décision et s'était apaisé : il allait s'ouvrir de l'affaire à son évêque, en l'occurrence l'archevêque de Paris. Il ne parlerait à personne d'autre. Il se méfiait des racontars.

Ce ne serait pas là trahir le secret de la confession. De ce que le Premier ministre avait sur la conscience, Paindavoine ne dirait rien. Il ne donnerait pas l'identité du visiteur. Il ne parlerait que de cette preuve apparemment détenue par les casuistes.

Jeudi, 10 h 02

Hubert Le Dangeolet raccrocha, excédé. Il posa les deux mains à plat sur son bureau en même temps qu'il fermait les yeux et inspirait à fond. Depuis neuf heures il essayait de joindre le Premier ministre, et Matignon entier faisait barrage.

C'était un peu fort. Petitgrand claquait dans ses doigts, le déplaçait à neuf heures et demie du soir, à dix heures le pliait à son caprice. Et que le lendemain Le Dangeolet ait un mot à lui dire, « Le père Le Dangeolet ? C'est noté, on vous rappelle. » Et rien, pas de rappel.

Le provincial avait eu quatre fois la secrétaire numéro un, et puis deux fois le chef de cabinet, lequel à la fin, à l'instant, l'avait pris de haut : « On ne dérange pas comme ça le chef du gouvernement. »

Il fallait pourtant que Le Dangeolet voie Petitgrand avant son départ. La veille, il avait bien demandé au Premier ministre le secret sur la preuve, mais comme une chose entendue, sans insister assez. Il devait le convaincre de l'absolue nécessité du silence, et obtenir un engagement là-dessus.

Et il n'avait plus devant lui que quelques heures. Il s'envolait pour Rome à cinq heures cinq.

Il était au téléphone depuis deux heures. Entre huit et neuf il avait réussi à joindre Beaulieu, Montgaroult, Mauduit, Michalet à Louvain, Schmuckermann à Bâle : tous les cinq seraient à trois heures rue Madame, et à trois heures et demie au plus tard on embarquait dans la Nevada du Centre Saint-Agapet, direction Roissy.

Le Dangeolet attrapa son carnet d'adresses électronique. Il allait bien trouver quelqu'un qui lui obtiendrait dans la matinée la ligne du Premier ministre.

Jeudi, 10 h 05

Thierry Martinmignon entra dans le bureau d'Antoine Etchéverry *en même temps* qu'il frappait. Jamais il n'avait été jusque-là. Il avait le plus grand sens de la hiérarchie. Un chef de cabinet attend pour pénétrer dans le bureau d'un directeur de cabinet que celui-ci ait dit haut et fort : Entrez. Mais ce matin, il se contrôlait mal. Il eut d'ailleurs le sentiment qu'Antoine Etchéverry n'avait pas remarqué l'impair. « Du nouveau ? », dit précipitamment le directeur de cabinet. Martinmignon dut faire non de la tête. On ne trouvait pas.

On avait téléphoné partout, à son domicile évidemment, chez son médecin, ses filles, à son club de golf, aux cabinets de chacun des ministres, on continuait, on appelait à présent l'une après l'autre les directions des administrations centrales, mais on devait admettre qu'on ignorait où pouvait bien être passé le chef du gouvernement.

Jeudi, 10 h 07

Marie-Michèle Petitgrand rayonnait. Elle arrivait au bras de son époux au Musée du romantisme français. Depuis dix ans elle avait envie de visiter ce musée — elle ne voulait pas y aller sans Jean-Chat — et l'endroit était encore plus charmant qu'elle ne pensait.

Elle croyait rêver. À huit heures Jean-Charles lui avait déclaré, l'air ravi, qu'il lui consacrait sa matinée. Ils avaient pris un petit déjeuner d'une heure en devisant de choses et d'autres comme on en prend en Italie, à l'hôtel. Jean-Charles avait applaudi à l'idée du musée. Mimine s'était enhardie. Elle ne supportait plus Matignon et son train. Elle avait souri, toute rose : « Si j'osais... Je voudrais que nous y allions en autobus... »

Jeudi, 14 h

La CX du garde des Sceaux passa le porche de l'hôtel Matignon dans la roue de la 605 du ministre des Affaires étrangères, et les deux confrères sortirent de voiture au bas du perron à quelque vingt secondes d'intervalle.

Très Quai d'Orsay, Alban Dupont de Saint-Pli attendit Renaud Marasquin au pied des marches.

« Salut, lui lança Marasquin, manifestement sensible au geste. Et sans détour, désignant du menton le bel hôtel : Dis donc, tu sais combien nous sommes ? »

Ils se connaissaient depuis le lycée Carnot et l'époque où Dupont de Saint-Pli n'était que Dupont.

« Exactement, non, répondit le diplomate. Mais pas plus d'une demi-douzaine, à ce que j'ai compris. On m'a dit "conseil très restreint". Tu as une idée de l'ordre du jour ?

— Une idée, non. On m'a dit "conseil très secret". Mais j'ai une hypothèse. Je ne suis pas sûr que les élections de juin se présentent si bien que ça. »

Les deux amis déposèrent leurs manteaux dans le

vestibule et prirent ensemble le couloir qui menait à la salle des conseils restreints.

Jean-Charles Petitgrand les attendait debout et s'avança vers eux à leur entrée. Il regarda Marasquin dans les yeux, un bon sourire aux lèvres, puis il le gratifia d'une accolade interminable. Il a bu, entrevit le garde des Sceaux, le nez dans l'épaule du chef du gouvernement. À deux pas, Dupont de Saint-Pli reculait sans en avoir conscience : le dernier sondage confidentiel des RG est accablant, comprenait-il, nous sommes cuits aux élections. Il aurait voulu fuir. Il détestait qu'on le touche. Mais lui aussi eut droit à un regard débordant d'amour et à une étreinte laineuse.

Petitgrand avait toujours eu des façons ecclésiastiques. Ainsi, lorsqu'il réfléchissait, sa manière de joindre ses longues mains grasses devant ses lèvres. Ou si d'aventure il était reconnu dans la rue, ce qui l'émouvait toujours, l'espèce de bénédiction qu'il adressait alors aux badauds, de l'intérieur de sa voiture. Mais cette fois, c'était différent. L'homme avait changé. Lui si compassé jusque-là, il lui était arrivé quelque chose.

Marasquin et Dupont n'étaient pas les premiers. Deux hommes se trouvaient déjà dans la salle, conversant à mi-voix, les bras croisés, à l'extrémité de la table la plus éloignée de la porte, côté jardin : Zonza, le ministre de l'Intérieur, et un bellâtre que Dupont de Saint-Pli reconnut avec déplaisir comme Belœil, de la Coxema — ils avaient été à Sciences Po ensemble, et Belœil n'appelait jamais son ancien condisciple que Dupli de Saint-Pont.

140

Torrin faisait son entrée, le ministre de l'Économie. Petitgrand l'étreignit à son tour. Torrin se rétracta : ma parole, il est amoureux fou.

On ferma la porte à double battant.

« Asseyons-nous, dit Petitgrand, nous voici au complet. »

Gagnant le centre de la table, il prit Belœil à sa droite, Zonza à sa gauche, et désigna leurs places, en face, aux trois autres ministres. Tout le monde avait compris. Le conseil était plus que restreint. Sans Belœil, il aurait été famille. Les ministres présents se trouvaient être les quatre seuls, au gouvernement, à faire partie depuis sa fondation du Nouveau Rassemblement, le mouvement centre plat de Petitgrand.

Le chef du gouvernement ne souriait plus.

« Mes amis, dit-il, si je vous ai réunis en petit comité, vous, mes proches, mes fidèles, c'est que la situation l'exige. Je vous demanderai du reste le secret le plus rigoureux sur ce conseil. Ce que j'ai à vous dire va bouleverser le pays. Et vous êtes parmi les premiers à en être informés. »

Dupont-Dupli se décomposait. C'est bien ça, les RG nous donnent foutus. Il pensa à Criquet, sa femme. Cricri le trompait chaque fois que le NR était battu. Elle ne l'aimait qu'au pouvoir. Et encore, ministre. S'il était secrétaire d'État, elle entreprenait tout ce qui précédait Alban dans l'ordre protocolaire.

« Encore un peu de temps, disait Petitgrand, et vous allez voir la vie sous un jour nouveau. Mes amis, la preuve de l'existence de Dieu est faite.

— Comment ? » s'exclamèrent en chœur les trois ministres qui lui faisaient face.

Ni Zonza ni Belœil n'avaient tiqué.

Les trois autres appartenaient à cette majorité de Français qui, interrogés par sondage, « Êtes-vous croyant ? pratiquant ? », à *pratiquant ?* auraient répondu non sans couper les cheveux en quatre, et à *croyant ?* auraient commencé par dire : « Attendez », hésitants, avant de penser à leur grand-mère et de répondre : « Mettez oui. »

« Qu'est-ce que c'est que cette histoire ? grondait Torrin.

— Vous êtes sérieux ? fit Marasquin.

— Et la laïcité ? lança Torrin. La République est laïque !

— Que Dieu soit ou ne soit pas ne regarde pas le gouvernement, renchérit Marasquin.

— Et puis Dieu, Dieu... De quel Dieu s'agit-il ? » siffla Dupont des Affaires étrangères sur le ton : Présentez-nous donc en bonne et due forme.

Les doigts croisés, tout bienveillance, Petitgrand avait laissé passer la bourrasque, sans paraître offusqué de cette atteinte au protocole. Il leva la main droite.

« Dieu existe, dit-il doucement. Le Dieu Père, Fils et Esprit de l'Évangile a donné la preuve de son existence. Cette preuve est actuellement tenue secrète par le provincial des casuistes de France, mais comment imaginer qu'elle le reste ? Elle a fait de moi un autre homme, et d'ici quelques jours, l'humanité entière en sera changée.

142

— Mais de quoi parlez-vous ? coupa Dupont. En quoi consiste cette preuve ? »

Marasquin fit chorus :

« Qu'est-ce qui s'est passé ? Ça fait deux mille ans qu'on nous dit que Dieu existe, après tout. Qu'y a-t-il de nouveau ?

— Un message a été adressé aux hommes, expliqua Petitgrand de bonne grâce, un court texte. Vous ne contesterez pas qu'un texte peut parler pour Dieu. Les Évangiles ont transformé le monde, après les Tables de la Loi — ne parlons pas du Coran, des Upanishad... D'ailleurs, s'il fallait comparer ce texte-là à un élément fondateur de la foi, je le comparerais plutôt à l'Incarnation. C'est avant tout une présence, une Présence évidente, bouleversante...

— Je demande à voir, grommela Torrin.

— Vous n'allez pas tarder à voir, acquiesça Petitgrand. Mais faites-moi le crédit, encore quelques jours, de croire sans avoir vu. J'ai vu, j'en suis transformé. Faites-moi confiance. »

Il eut un regard à sa droite, un regard à sa gauche :

« Nous trois, qui avons su la nouvelle un peu avant vous, nous comprenons vos réticences : nous avons eu les mêmes. Mais je ne vous ai pas réunis cet après-midi pour vous convaincre. Vous serez convaincus sous peu, avec l'humanité entière. En attendant, vous êtes au gouvernement, comme moi. Nous allons avoir la responsabilité de gérer le bouleversement qui s'annonce, celui du moins qui s'annonce en France. La situation exige une réflexion informée. Vous connaissez Benjamin Belœil, de la Coxema. J'ai

143

demandé à monsieur Belœil de nous faire le tableau de ce que va devenir la société française après la révélation de la preuve de l'existence de Dieu. Benjamin, nous vous écoutons. »

Belœil avait des cernes bruns jusqu'au milieu des joues.

« Je vous propose deux projections, commença-t-il, lugubre. L'une à six mois-un an, l'autre à cinq ans. Dans six mois, dans un an, il faut imaginer la France comme un grand monastère. Tout ce qui fait aujourd'hui le ressort des sociétés libérales avancées, l'esprit d'entreprise, la quête de l'enrichissement, le goût de l'efficacité, le sens du travail — je vais vite, d'autres pourraient dire : le chacun pour soi, l'activisme, l'avidité mimétique, l'argent-phare —, à l'annonce que preuve est faite de l'existence de Dieu, tout cela va paraître à nos concitoyens sans plus d'importance. Dieu se fait *certain* au milieu de nous : comment réagissons-nous ? Nous prenons tout notre temps pour Lui. Nous cessons presque de travailler. Nous gagnons beaucoup moins d'argent, mais que nous importe ? Nous n'avons plus envie de changer d'appartement, de partir en vacances, d'envoyer nos enfants dans les business schools américaines. Nous ne courons plus après l'argent. Si nous travaillons, c'est juste ce qu'il faut pour manger et pour être vêtus, pour avoir un toit. Le plus clair de notre temps, nous méditons, nous prions. Nous étudions les Écritures. Nous aidons l'indigent, nous entourons l'esseulé. Nous

144

regardons la nature. Nous avons l'impression d'ouvrir les yeux pour la première fois. Nous respirons.

« Évidemment, les entreprises privées comme les services publics sont vite désorganisés. La production s'effondre. Le premier effet de la preuve de l'existence de Dieu sur la société dans son ensemble est une crise économique sans précédent.

« Au regard des indices aujourd'hui en vigueur, le pays décline très vite. Sans doute, les autres pays déclinent aussi, mais non pas tous. »

C'est dingue, nota Marasquin, il fait comme Petitgrand, il reprend sans le savoir tous les tics stylistiques de l'Évangile.

« Quid des régions du globe non chrétiennes ? continuait Belœil. Des peuples qui refusent notre Dieu, ou même le combattent ? Dieu seul le sait, c'est le cas de le dire. De deux choses l'une. Ou bien Dieu intervient et les convainc eux aussi. Ou Il n'intervient pas, et la tentation est grande pour les ennemis du vieux monde chrétien de profiter de sa désorganisation pour tenter de se le soumettre.

« Je reviendrai dans ma seconde projection sur cette vulnérabilité de la France et des autres pays chrétiens : de leur faiblesse pourrait venir en effet le sursaut qui leur permettrait, tout de même, de s'organiser pour survivre.

« Mais restons encore un peu de temps dans le court terme. Quel va être l'effet de la preuve sur nos institutions ? Qu'est-ce qu'un gouvernement, qu'est-ce qu'une loi, qu'est-ce qu'un tribunal pour une société d'orants ? Qu'est-ce que l'armée ? Le patronat ? Le... »

Les trois ministres encore sous le choc n'écoutaient plus.

Et moi, se disait Marasquin, je deviens quoi, dans cette histoire ? Qu'est-ce qui reste de moi dans la bagarre ? se demandait Torrin. Je coule, dans ce merdier, avait déjà conclu Dupont.

Je sombre, voyait Marasquin. Torrin : je disparais.

Marasquin : mon pouvoir de patron de la justice est fondé sur l'increvable vitalité de la crapulerie, de la fraude et de la violence, du mépris des lois. Ma fonction n'a de sens que dans un monde en proie au mal. Dans un monde voué au bien, je n'existe plus. À quoi bon, l'harmonie trouvée, un énorme appareil judiciaire, des procédures, des appels et des cassations, des magistrats assis, des magistrats debout ? Pourquoi un ministre ? S'il subsiste des fonctionnaires de justice, ce sera dix ou douze, dans un coin, organisateurs au rôle modeste, beaucoup plus serviteurs que décideurs.

Qu'est-ce qui fait le pouvoir du ministre de l'Économie ? ruminait Torrin. Il tient les principales forces économiques du pays. Il réglemente, il autorise ou n'autorise pas, il arbitre. Il fait la pluie et le beau temps aux conseils d'administration des banques et des sociétés nationalisées, des entreprises et du secteur publics. Mais qu'est-ce qu'il tient, de la production monastique ? Qu'est-ce qu'il gouverne dans les fromageries artisanales, dans les ateliers de tissage, de pâtes de fruits, de baumes à l'ancienne ? Dans une société qui a choisi la frugalité, je ne suis rien.

« En troisième lieu, poursuivait Belœil, l'effet sur les personnes. »

Il inspira profondément.

« Il est à prévoir que cet effet sera inversement proportionnel au poids social des individus. Et ce pour la raison paradoxale qui veut que dans nos sociétés, les tâches indispensables sont aujourd'hui les moins considérées, alors que sont prestigieuses toutes sortes de fonctions inutiles.

« Je m'explique. L'éboueur, le cordonnier, le maraîcher, toutes les petites gens dont on ne peut se passer mèneront peu ou prou la même vie qu'avant. Ils feront comme tout le monde la part belle au Créateur, mais ils ne verront pas leur légitimité sociale chanceler, au contraire. Leur travail sera plus que jamais nécessaire. Ils gagnaient trois sous, ils en gagneront toujours trois, mais plus personne ne songera à gagner davantage.

« On ne pourra en dire autant des grands de ce monde. Que vont devenir les dieux du stade quand aura disparu l'esprit de compétition ? Les coureurs automobiles ? Les mannequins ? Les héritiers du champagne ? Les animateurs de jeux télévisés que plus personne ne regardera ? Les rewriters des news magazines ? Les renifleurs en chef des revues de mode ? Les génies du carburant triple action ? Les fabricants de tranquillisants ? Les directeurs du marketing, de la communication, des relations publiques ? *Le directeur de la Coxema ?* Qui financera encore leurs voyages et leurs cachemires ? De quelle utilité pourront-ils encore se prévaloir pour être nourris ? Ils ne savent rien faire. »

Dupont, l'élégant Saint-Pli suait à grosses gouttes. Et le ministre des Affaires étrangères, que deviendra-t-il ? Que pèse sur la scène internationale le représentant d'un peuple à genoux ? Qu'est-ce que je suis face à la Chine, à l'Irak, au Japon ? Je suis un ministre africain. Combien de divisions ? Plus de divisions ? Plus d'industries, plus d'exportations ? Je les vois, mes alter ego africains. À l'ONU, on les confond tous. On leur dit « Cher ami », et pour cause, on n'a aucune idée de leur nom.

Belœil parla une demi-heure. Quand il se tut, il garda les yeux sur ses notes. Les autres avaient eux aussi la tête basse.

« Mes amis, retentit alors la voix de Petitgrand, ne m'en veuillez pas d'abréger votre méditation. Mais la nouvelle va tomber d'une heure à l'autre. Il faut vous tenir prêts. Mettez à profit cette attente pour imaginer, chacun dans votre domaine, les réorganisations qui s'imposent. »

Il leva les deux mains à la hauteur de ses épaules.

« Un monde d'harmonie va s'instaurer, conclut-il. Tout ce qui dans nos vies n'était pas au service de Dieu et de sa splendeur va tomber comme peau morte. »

Il avait adopté un ton de psalmodie légère.

« Messieurs, vous restez en place. Vos fonctions vont s'amenuiser et se modifier d'elles-mêmes. La période de transition exigera inventivité, modestie. Après quoi nous disparaîtrons dans l'anonymat du Bien. Le conseil est levé. »

Jeudi, 14 h 42

Le père Paindavoine avait faim. Il était deux heures et demie passées, et depuis huit heures du matin il courait après son archevêque.

Entre neuf et dix on pensait, à l'archevêché, que Mgr Velter arriverait sous peu, et passerait une heure ou deux à son bureau avant de filer, vers onze heures, au colloque des « généraux pas sots », comme il les appelait lui-même (« Éthique et stratégie : les religions et la défense », au Trianon Palace, à Versailles), colloque qu'il devait conclure à midi.

Et le père Paindavoine avait attendu, dans un mauvais fauteuil de plastique moulé, parcourant sans pouvoir les lire des numéros anciens de *Paris Notre-Dame*. Mais Mgr Velter avait appelé de sa voiture, à dix heures et quart ; il sortait de chez Fayard, l'éditeur — un projet bien intéressant imaginé par Claude Durand ; il faisait un saut à la clinique des Frères de Saint-Jean-de-Dieu, rue Oudinot, où se mourait son vieil ami Masson, le sinologue ; de là il irait à Versailles ; il serait à son bureau vers trois heures ; qu'on ne remette aucun de ses rendez-vous, non.

Georges Paindavoine avait quitté précipitamment l'archevêché, pour tenter sa chance rue Oudinot. Il était arrivé trop tard. Il avait alors pris le train pour Versailles, aux Invalides, ignorant que deux lignes menaient à deux gares, à Versailles : Versailles Rive Droite et Versailles Rive Gauche. Il avait atterri à Gauche, quand le colloque était à Droite. Le temps de trouver l'autobus qui le ferait passer de Gauche à Droite, de l'attendre, de traverser la ville à son bord et de finir à pied le trajet, il était parvenu au Trianon Palace alors que les participants au colloque étaient à table depuis vingt minutes, et terminaient le vol-au-vent sauce Pornic.

Le repas allait bien durer une heure encore. Paindavoine se voyait mal s'attablant seul, de son côté, au grill de l'hôtel. Il avait fait un tour dans les parages. Un désert fleuri. Pas le moindre café à proximité.

Il était revenu au Trianon Palace et il attendait, dans le hall d'entrée, l'estomac creux et un vieux numéro du *Point* sur les genoux, que se rouvrent les portes de la salle où banquetaient les généraux et l'archevêque.

L'archevêque sortit parmi les premiers, l'air sombre. Il avait dû trouver le service lent, ou les généraux lourds. Il était de ces gens dont les Anglo-Saxons disent : *He doesn't suffer fools gladly*, il l'était physiquement. Paindavoine lui demanda deux minutes en aparté. Pas une seconde de plus, lut-il dans les yeux

152

noirs de Mgr Velter. Il tint le délai. En vingt mots il eut dit l'affaire. Grand personnage de l'État. Méconnaissable. Preuve de l'existence de Dieu. Irrésistible, apparemment. Six feuillets.

« Balivernes ! », interrompit l'archevêque.

Paindavoine acheva :

« Quelque chose dans la façon dont m'en a parlé le Prem... mon pénitent me fait penser que non. Ne faudrait-il pas au moins envoyer quelqu'un chez les casuistes examiner le document ? »

L'archevêque coupa encore :

« Les casuistes ? Qu'est-ce que les casuistes viennent faire dans cette histoire ? »

C'était tout simple, expliqua Paindavoine, ils détenaient la preuve.

Mgr Velter avait changé de ton :

« Voyons-nous, dit-il. Je ne rentre pas seul à Paris. Et mon après-midi est chargé. Pouvez-vous être à mon bureau ce soir à neuf heures et demie ? »

Jeudi, 14 h 45

Et pendant ce temps-là, au 42 *bis,* le petit Bizzi poussait la porte du standard :

« Qu'est-ce qui se passe, Dominique ? Tu as l'air tout content, depuis quelques jours. Tu as gagné à la loterie ? »

Dominique le regarda, les yeux étincelants :

« Si tu savais ce qui m'arrive... Ce qui peut arriver de plus heureux à un homme. »

Jean de Bizzi pinça les lèvres. Mince et brun, avec sa jolie tête et ses cheveux très courts, il avait l'air d'un enfant jaloux.

« Tiens donc ! On peut savoir ?

— Devine, dit Dominique. Tu as droit à une réponse. »

Bizzi n'hésita pas.

« Tu as rencontré la femme de ta vie. »

Dominique éclata de rire.

« Mieux que ça ! Mille fois mieux !... Demain matin, tu pourras me donner une autre réponse, et demain après-midi encore une. Attention ! La troisième sera la dernière. »

Jeudi, 15 h 10

Zonza était resté muet pendant tout le conseil, comme assommé par les prévisions de Belœil. Dans la cour de Matignon, l'air frais parut le ranimer. Petit-grand raccompagnait Belœil à sa voiture. Les trois autres ministres semblaient hésiter à filer chacun de son côté. Zonza leur fit signe qu'il avait un mot à leur dire.

Petitgrand remontait le perron. Somme toute, il était chez lui. Sitôt qu'il eut passé la porte, les quatre firent cercle, à trois pas des marches.

« On ne peut pas en rester là, mugit Zonza, chez qui l'émotion décuplait l'accent corse. Le boss a disjoncté. Aucune décision n'a été prise. »

Les autres renchérirent.

« Poursuivons la discussion.

— Commençons-la, tu veux dire.

— Comme tu voudras. Mais n'attendons pas demain.

— Il n'y a pas une minute à perdre.

— Où nous retrouvons-nous ? »

Dans un de leurs bureaux ? Il y avait plus discret. Chez l'un d'entre eux ? Leurs domiciles étaient gardés, jour et nuit des photographes y « planquaient ». Un café ? C'était risqué.

Il y eut un silence. Chacun des quatre se disait : les trois autres ont-ils comme moi une garçonnière ? Lequel aura le courage d'en parler ?

« Il y aurait bien... », commença Zonza, l'air gêné.

Il se jeta à l'eau. Il avait une fille unique de quarante ans, costumière de théâtre, dont l'atelier se trouvait à cent mètres de Matignon.

« Colomba ? », s'écrièrent ensemble Dupont et Torrin.

Paris-Match avait consacré deux pages à la belle, six mois plus tôt, où l'on apprenait que ex-hippie, ex-gauchiste, et pas assagie pour un sou, elle était, de ce qui restait de la gauche, la figure inquiétant le plus le ministre de l'Intérieur, et probablement la mieux surveillée.

« Colomba, oui, dit Zonza. À ce qu'on m'a dit, elle est ces jours-ci aux États-Unis, avec sa compagnie. Je me demande à quel titre, ajouta-t-il comme à part lui, car le spectacle est joué de A à Z par des acteurs à poil. »

Il se reprit.

« Son atelier est une ancienne écurie, au fond de la villa Varenne. Le concierge du 4 a la clé.

— Adopté, dit Torrin.

— On ne va pas y aller ensemble, observa Dupont.

— Non, acquiesça Zonza. Allons-y chacun de son

côté. Arrivons à pied. Et faisons attention à entrer dans la villa séparément.

— Tout de suite ?

— Dans le quart d'heure. J'y vais le premier. J'aurai ouvert. »

Zonza crut bien qu'il n'aurait pas la clé. Le concierge du 4 le regardait de travers, et lui n'osait pas décliner sa qualité de premier flic de France.

« Je suis son père, disait-il. Croyez-moi, bon sang. Il paraît qu'elle me ressemble. »

Le concierge fit la moue. Zonza était devenu très gros, avec les responsabilités, les gueuletons.

« Si encore je vous remettais, dit le cerbère. Il y en a, des messieurs, qui tournent autour de l'atelier. Assez votre genre, du reste. Mais vous, je vous ai jamais vu.

— Je vous dis que je suis son père, s'énerva Zonza. C'est pour ça que vous ne me voyez jamais par ici ! Vous connaissez beaucoup de filles de cet âge contentes de voir leur père tourner autour de leur tanière ? »

Il finit par obtenir la clé, à condition de l'avoir rendue une demi-heure plus tard. Torrin, Dupont et Marasquin déambulaient dans la villa, les mains derrière le dos, feignant de ne pas se connaître et aussi convaincants sur ce point que des prisonniers dans la cour d'un pénitencier.

L'atelier les surprit un peu. À la guerre comme à la guerre, ils s'installèrent sur deux vieux poufs et une méridienne défoncée, parmi les mannequins de couturière et les costumes pendus un peu partout.

« Une chose est sûre, dit Marasquin, entrant sans préambule dans le vif du sujet, Petitgrand rêve, sur son nuage. L'harmonie, tu parles ! C'est le chaos qui nous pend au nez.

— Il rêve parce qu'il s'est précipité sur la preuve, fit remarquer Zonza. Il est touché. À ce que je sais des quelques imprudents qui ne se sont pas méfiés plus que lui, ce truc a un effet foudroyant. On perd immédiatement tout recul.

— Dieu nous garde de tomber dans le panneau, dit Dupont. Il faut un certain nombre de têtes froides aux commandes. Ça va tanguer.

— Tout est là, dit Zonza. Ça ne doit pas tanguer. Il n'est pas question de divulguer l'information comme on annonce la météo le matin.

— Ce serait la thrombose économique dans les quarante-huit heures, prévint Torrin.

— L'anarchie, dit Marasquin. Les fous de Dieu n'aiment pas l'autorité civile. Ils prennent leurs ordres plus haut. Voyez l'Iran, l'Algérie...

— Et mes musulmans, gémit Zonza, très mère poule tout d'un coup. Je suis ministre *des* cultes, pas du culte. Que l'un de ces cultes triomphe, les autres sont ulcérés. Les affrontements éclatent. Le pays est à feu et à sang. Avec ce que sera devenue la police...

— Dans trois semaines, dit Dupont, la conférence de Bonn pose les fondations de la défense européenne. Si d'ici là on n'a pas détourné le péril, je me fais porter pâle. Qu'est-ce que j'apporterai dans ma sacoche, à Bonn, après le raz de marée ? Une armée non violente ? Des généraux en robe de bure ?

— On se résume, dit Marasquin. Il serait inconsidéré de laisser filer l'information. Priorité, donc, la garder secrète aussi longtemps qu'un plan d'action précis n'aura pas été mis au point. Qui est au courant de l'existence de la preuve ?

— Quatre ou cinq casuistes, énuméra Zonza. L'illuminé numéro un, un prêtre de banlieue du nom de Mauduit. Le Premier ministre. Ceux-là non seulement sont au courant, mais ils sont cuits : ils ont lu le document. Un deuxième cercle est au courant sans être retourné. Nous en sommes, avec Belœil, Bellard-Moyaux, un conseiller d'État proche des casuistes qui a informé le gouvernement, et Panzani, mon directeur de cabinet.

— Tout ce petit monde doit être muselé, conclut Marasquin.

— Le deuxième cercle est sûr, rectifia Zonza. Et pour cause : on n'y a pas lu la preuve, on ne sait pas en quoi elle consiste, et on n'y a pas accès. Et puis tous, dans ce cercle, ont la même réserve que nous. Je ne sais pas ce qui a pris Petitgrand de se jeter sur le document...

— Catho en diable, hasarda Torrin. N'a pas dû penser qu'un danger pouvait venir de là.

— Ceux qui peuvent mettre le feu aux poudres, poursuivit Zonza, ce sont les initiés du premier cercle. Ceux-là, il s'agit de les contrôler de près.

— Tu en as compté cinq, c'est ça ? demanda Torrin.

— Six ou sept. Primo, le patron, vous l'avez vu comme moi...

— On tremble à l'idée de savoir le pays dans ses mains, coupa Dupont. Il a gardé toutes les apparences de la raison, mais il est devenu imprévisible. Il n'y a pas pire. S'il mangeait des sauterelles et du miel, on le ferait interner. Ce ne serait pas le premier de l'histoire de France. Mais tel qu'il présente, à peu près beau, on n'y arrivera pas. Et il peut craquer l'allumette à tout moment. Tenez, imaginons tout simplement qu'il aille informer son supérieur à l'Élysée. Le président est allergique à la calotte, c'est notoire. Il sonnera le tocsin... »

Zonza furetait dans l'atelier depuis deux minutes. Enfin il dénicha un téléphone, entre deux coussins.

« Panzani ? Urgence, mon vieux. Le Premier ministre est à Matignon, personne ne sait pour combien de temps. Tu me le fais suivre aussitôt qu'il s'en va. C'est de la plus haute importance. Tu me préviens en simultané de tous ses déplacements, tous ses rendez-vous. Et en attendant, tu te débrouilles pour savoir son emploi du temps quart d'heure par quart d'heure. Tu as cinq minutes. Je te rappelle. »

Le pauvre était en nage. Il se laissa tomber sur un des poufs, qui lâcha un nuage de poussière.

« Et d'un à peu près sous contrôle. Au suivant. Le prêtre de banlieue, c'est relativement simple. Il dépend d'une hiérarchie, on fait donner la hiérarchie. Et pour plus de sûreté, le sommet. Je suis à tu et à toi avec Mgr Velter. »

Il alla reprendre le téléphone, et cette fois le rapporta dans le cercle.

« Allô, Mattéo ? Autre chose. Prends-moi rendez-vous dans l'après-midi avec Mgr Velter. Ça ne sera pas facile ? Je sais bien. Écoute, si vraiment il n'a pas cinq minutes, demande-lui un rendez-vous téléphonique. Onze heures, minuit, comme il voudra. »

Zonza s'épongea les tempes.

« Et de deux. Les casuistes, à présent...

— Il aurait fallu commencer par eux, grogna Torrin. Mettez-vous à leur place : qu'est-ce qui pourrait bien les pousser à garder la preuve au frigidaire ? C'est le coup du siècle, pour eux, cette affaire. Il semble qu'ils réfléchissent. À quoi peuvent-ils bien réfléchir, sinon à la façon de faire le plus de bruit possible autour de leur scoop ? Méfions-nous, ça réfléchit vite, un case. Nous avons intérêt à aller tâter leur supérieur, et vite fait.

— On dit *provincial*, releva Zonza.

— Provincial ou pas, ce gars-là me paraît l'homme clé de l'histoire. Petitgrand a bien dit qu'il détenait physiquement la preuve ?

— Torrin a raison. Voyons cet homme. Il est grand temps.

— Où le trouve-t-on ? »

Zonza avait déjà le combiné à l'oreille.

« Panzani ? Dis-moi, l'adresse du provincial des casuistes à Paris, c'est bien rue Madame ?... À quel numéro ?... Je te rappelle. »

Jeudi, 16 h

Zonza avait à peine regagné sa voiture, prudemment mais très mal garée au carrefour Bac-Varenne, que son propre téléphone sonna. Panzani :

« Je peux vous le dire, maintenant, on a eu chaud. Quand vous m'avez demandé de faire surveiller qui vous savez, il était quatre heures moins le quart. Or ce quelqu'un avait quitté son bureau trois minutes avant. »

Zonza blêmit.

« Tu me l'as retrouvé ? Parle en clair, je suis seul dans la voiture. » Prenant alors conscience que c'était inexact : « José, nous allons 42 *bis*, rue Madame.

— J'ai appelé Martinmignon, mais cet abruti n'a rien voulu me dire. Je prétextais pourtant une urgence. Etchéverry, même chanson. "Destination confidentielle, consigne stricte"... Deux tombes.

— Tu l'as retrouvé, ou tu l'as pas retrouvé ?

— Rassurez-vous, on le suit depuis cinq minutes. Mais il nous a fallu nous débrouiller tout seuls. On l'a repéré Porte de Saint-Cloud. Ça bouchonne, par

171

là. Vous connaissez Pieri, le chauffeur du Premier ministre : il n'aime pas lambiner. Il a lancé gyrophare et deux-tons. Moi, j'avais alerté la police. Un agent qui se trouvait là a été intrigué par cette Safrane sortant subitement de l'anonymat, d'autant qu'à peine lancé, le deux-tons s'interrompait. Comme si l'occupant de la voiture avait voulu dire : je pourrais vous contraindre à me céder le passage, mais voyez, je ne le fais pas. Très curieux. Enfin, l'agent a reconnu qui on sait. Ça y est, une voiture banalisée lui colle au train. La Safrane a pris l'autoroute de l'Ouest, elle vient de passer Sèvres.

— L'autoroute de l'Ouest ? Où peut-il bien aller ? Tu sais la suite de son emploi du temps ? Qu'est-ce qu'il est censé faire, après cette escapade confidentielle ?

— Secret d'État. Je n'ai rien pu tirer du cabinet. Je me suis énervé. Tout ce que j'ai obtenu, c'est un "Nous informerons le Premier ministre. Il prendra contact avec le ministre de l'Intérieur dès que cela lui sera possible." Mais ça sonnait très faux. Il y a quelque chose qui m'échappe. Je ne comprends pas. »

Zonza ne comprenait que trop.

« Ne le lâchez surtout pas. Où qu'il aille, et surtout s'il s'arrête, tenez-moi au courant. Mattéo, tu m'entends : la sécurité intérieure est en jeu. »

Jeudi, 16 h 03

Etchéverry s'était mis à marcher de long en large dans son bureau. Du coup, Martinmignon n'avait pas osé rester sur sa chaise, il suivait gauchement le mouvement.

« Il est venu dans mon bureau, disait Etchéverry. J'en étais comme deux ronds de flan, c'était la première fois depuis que je travaille avec lui. Il s'est approché de moi. Je me suis levé. Il m'a serré la main — j'ai cru qu'il allait m'embrasser. Il m'a dit : "Je m'en vais." Je ne sais pas ce qui m'a pris, le ton était bizarre, j'ai eu peur. Après ce que nous avons vécu ce matin. J'ai demandé : "Que voulez-vous dire ?" Sa réponse est restée gravée dans ma mémoire : "Vous meniez très bien les choses, a-t-il dit, continuez. Vous les mènerez aussi bien sans moi."

« Une espèce de réflexe m'a poussé à poursuivre le dialogue, comme il faut faire avec un fou, tu vois, un suicidaire. Moi : "Je vous revois quand, monsieur le Premier ministre ?" Et lui, débonnaire : "Un jour ou l'autre, mon cher."

« Tu m'avais dit que le provincial des casuistes lui courait après depuis neuf heures du matin. Dans la masse de ses obligations, je n'ai trouvé que ça pour essayer de le retenir : "Le père Le Dangeolet voudrait vous voir de toute urgence. J'ignore à quel propos, il ne veut parler qu'à vous." Il a pris un air tendre : "Ce bon Le Dangeolet. Dites-lui mes pensées les plus fraternelles en Dieu", et il est sorti. »

Jeudi, 16 h 22

Les quatre ministres s'étaient retrouvés sous la voûte du 42 *bis,* rue Madame.

« Laissez-moi faire », dit Zonza.

Des quatre, il était le seul que l'on reconnaissait toujours. Eût-il porté les nippes d'un des théâtreux de sa fille, on l'aurait reconnu encore.

Il poussa la porte de verre du standard.

« Nous venons voir le père provincial.

— Le père provincial », répéta, rêveur, Dominique.

Zonza n'en croyait pas ses yeux, ce garçon ignorait à qui il avait affaire.

« Pouvez-vous annoncer — il finit sa phrase à l'oreille du portier — une délégation gouvernementale. »

Dominique appuya sur une touche :

« Jean, dit-il sans aucune émotion. Une délégation gouvernementale pour le père Le Dangeolet... Tu as bien compris : une délégation gouvernementale.

— Ça va, ça va », grommela Zonza. L'autre avait l'air de se payer sa tête.

179

« Le secrétaire du père provincial descend », dit gentiment Dominique.

Bizzi traversait déjà le petit jardin.

« Monsieur le ministre », fit-il en saluant Zonza. Et, découvrant derrière lui ses trois confrères, s'étranglant : « Monsieur le m..., Monsieur..., Mons... »

Les parloirs où l'on recevait les visiteurs, au rez-de-chaussée de la casuistière, avaient la taille d'un confessionnal. Bizzi se voyait mal faire monter la délégation jusqu'au bureau du provincial pour lui annoncer là que le père Le Dangeolet avait quitté Paris. Aussi s'arrêta-t-il au milieu des pivoines.

« Vous me voyez très ennuyé, dit-il. Je n'étais pas prévenu de votre visite, et le père provincial non plus, me semble-t-il...

— En effet, dit Zonza. Une catastrophe imprévue.

— Je suis navré : le père provincial vient de partir pour Roissy.

— Nom de Dieu, rugit Zonza. Il a décollé ? Il va où ? »

Bizzi hésita. Il avait consigne de garder secrète la destination de son supérieur.

« L'affaire concerne la sécurité intérieure », proféra Zonza.

Dupont :

« ... la paix dans le monde. »

Marasquin :

« ... l'ordre public. »

Torrin :

« ... le maintien du pouvoir d'achat.

— Paris-Rome, cinq heures cinq », souffla Bizzi, l'air d'un martyr à la torture.

Il était quatre heures vingt sept.

« Je fonce à Roissy, dit Zonza à ses collègues. Inutile d'y aller en cortège, je vous tiens au courant.

— C'est très grave ? demanda Bizzi, tout à fait requinqué.

— Plus que vous ne pourriez imaginer, dit Dupont. Mon père, merci de la confiance que vous nous avez témoignée. »

Zonza était déjà dans sa CX, le téléphone en main.

« Panzani ? Trois choses, écoute. Primo, tu me fais immédiatement immobiliser au sol à Roissy le Paris-Rome de cinq heures cinq. Le père Le Dangeolet, le provincial des casuistes, doit embarquer dans cet avion, et il faut que je lui parle avant son départ. Je suis sur le chemin de Roissy, mais je risque d'arriver juste, juste : je passe Saint-Germain-des-Prés. Deuxio, donc, tu fais prévenir ce Le Dangeolet — *e, t,* oui ; en deux mots, *Le, l, e,* plus loin *Dangeolet, e, t* — tu le fais prévenir à l'aéroport qu'il est attendu dans un salon particulier où je le verrai d'ici un quart d'heure. Un gros quart d'heure. Il aura son avion, dis-le-lui bien : on le retient pour lui. Tertio, Mattéo, tu me trouves Fichart et tu l'envoies d'urgence à Roissy. Qu'il se débrouille pour embarquer dans le Paris-Rome en question. L'avion l'attendra, lui aussi. Mission : ne pas lâcher des yeux le père Le Dangeolet de son arrivée à Rome à son retour à Paris. Nous tenir au courant du moindre de ses agissements. »

Jeudi, 16 h 29

Jean-Charles Petitgrand était tombé en arrêt devant les *Youki San* thé, gloire et fierté des pépinières Mellebarre, à Saint-Cyr-l'École. À sa droite, le directeur de la roseraie lui narrait la longue genèse de cet ineffable ton thé. À sa gauche, deux jardiniers se poussaient du coude en entendant leur patron confondre espèces et années.

Dix mètres derrière, Didier Muchon, l'inspecteur Muchon tâchait de se donner l'air passionné par les *Madame René Coty,* à ses pieds.

L'inspecteur Verjeau, lui, remontait lentement l'allée de sable. Il eut bientôt dépassé le Premier ministre et ses guides.

Jeudi, 16 h 31

... Trois, quatre, et cinq, compta pour la seconde fois Hubert Le Dangeolet. Il poussait devant lui les cinq initiés, dans le hall circulaire de Roissy — cinq innocents qui ne s'inquiétaient ni de l'heure, ni de la possible affluence au contrôle des billets.

« Ne traînons pas, répéta Le Dangeolet. Tenez, voilà le comptoir Air France. »

Il n'y avait pas trop de voyageurs en partance pour Rome, cinq ou six de ces hommes que l'on qualifie d'affaires pour peu qu'ils satisfassent à un strict conformisme vestimentaire, deux religieuses italiennes qui avaient déjà reconnu en les nouveaux venus des mâles à qui elles pouvaient parler. Le Dangeolet rangea son petit troupeau dans la file et essaya de se calmer. Depuis une heure il se faisait l'effet d'être à la tête d'un commando détenteur d'une bombe, et que cent obstacles imprévus pouvaient démasquer. Dans l'avion il respirerait.

Mais quand il présenta les six billets à l'hôtesse en bleu, blanc et rouge, celle-ci fit signe à un policier monochrome, derrière elle. L'homme contourna le comptoir.

« Le père Le Dangeolet ? Vous êtes attendu au salon Garance.

— Comment ça, au salon Garance ? Je pars ! J'embarque !

— Votre avion ne décollera pas sans vous. » Le policier baissa le ton. « Le ministre de l'Intérieur voudrait vous voir avant votre départ. »

L'Intérieur était encore sur le coup ! Le Dangeolet flaira la machination. On allait le bâillonner, lui faire les poches, le déposséder du grand moment de son existence. D'un autre côté, lui-même avait cherché depuis la première heure à joindre le Premier ministre. Il partait très soucieux de n'y être pas arrivé, et de laisser sans surveillance un homme en état de quasi-ébriété, dépositaire d'un secret bien trop lourd pour lui et susceptible de mettre le monde à l'envers. Inquiétude que comprendrait un ministre de l'Intérieur.

« Je vous suis, dit Le Dangeolet. Mais il n'est pas question que je me sépare de mes compagnons de voyage. Nous sommes six. »

Le policier dansait d'un pied sur l'autre.

« Allons-y », dit le provincial en lui prenant le coude et en l'entraînant.

Jeudi, 16 h 47

Zonza déboucha, radieux, dans le salon Garance.

« Paris-Roissy en vingt minutes ! Qui dit mieux ? »

Il s'affala dans le canapé de cuir caramel et là, sembla prendre conscience de la présence face à lui de six messieurs debout qui ne disaient pas mieux, sans compter un policier.

« Père Le Dangeolet, déclara-t-il aux six en se relevant, vous me voyez bien aise de vous attraper au vol.

— Si je puis me permettre, monsieur le ministre, vous nous maintenez au sol », dit le plus jeune et le plus corpulent des six religieux, se signalant ainsi à Zonza comme le provincial. « Faisons vite. Je m'en voudrais d'être cause que les deux cents passagers du Paris-Rome manquent le début de PSG-Lazio sur la RAI ce soir. »

Zonza l'avait déjà attiré à la fenêtre.

« Je pensais vous trouver seul. Ces personnes sont... avec vous ?

— Des confrères, dit Le Dangeolet, évasif. Les congrégations représentent une part non négligeable

193

du trafic aérien vers Rome, vous savez. De quoi vouliez-vous me parler, monsieur le ministre ?

— Mon père, cette... ce... document en votre possession préoccupe le gouvernement. »

Le Dangeolet était devenu vert.

« Le gouvernement est au courant ?

— Quelques-uns au gouvernement. Pour ce qui me concerne, il faut que vous sachiez que ce sont nos services qui, les premiers, ont détecté le... la... »

Ah oui, se rappela le provincial, les RG. Les RG pas si mauvais que ça.

« Je vois avec soulagement, continuait Zonza, que vous êtes soucieux vous aussi de ne pas ébruiter la... le... à tort et à travers. Mon père, qu'allez-vous faire à Rome ? Comptez-vous rendre la... chose publique du Vatican ?

— Grand Dieu ! dit Le Dangeolet. Comme vous y allez ! Avez-vous mesuré les conséquences ?

— Si je les mesure, s'écria Zonza, lâchant la bride à sa voix et à son accent, mais je ne fais que ça, les mesurer ! Je mesure, nous mesurons, avec effroi, car tout ce que nous mesurons, c'est combien les instruments de mesure nous manquent !

— *La mesure de l'amour, c'est d'aimer sans mesure* », cita en écho, dans le dos de Zonza, le ton suave et le débit suisse, Schmuckermann, de Bâle.

Le provincial et le ministre reprirent leur colloque, plus bas, plus vite.

Les miracles ont lieu assez souvent, au fond. Celui qui survint alors sera authentifié un jour par Rome. Ces deux hommes, qui ne se connaissaient pas cinq minutes avant, conclurent debout, et en ni plus ni moins le temps qu'il faut pour le dire, un traité d'une simplicité, d'une rigueur et d'un équilibre exemplaires.

Tous les deux se trouvèrent d'accord pour penser que la preuve était un brûlot, et que le mieux pour le moment serait de la garder secrète. Le monde transformé en un grand monastère, non : Le Dangeolet le confirmait, Dieu n'avait jamais voulu ça. Le provincial demanda le silence des autorités françaises en échange du renoncement par son camp à toute publicité dans l'immédiat. Zonza jura que rien ne filtrerait de son bord aussi longtemps que les autorités religieuses se tairaient.

On décida de se revoir une semaine après, jour pour jour, et de réexaminer le traité en fonction de ce qui se serait passé entre-temps. On se quitta contents les uns des autres, et chacun très content de soi.

Jeudi, 17 h 05

Six quinqua ou sexagénaires montèrent à bord. Jean-Sébastien Fichart hésita : mal fagotés, plutôt gais ; des chercheurs, sans doute.

Aussitôt les moteurs furent mis en marche, et les passagers en demeure d'attacher leur ceinture. Fichart regarda l'heure : il était cinq heures cinq.

Il ne comprenait pas. Il se trouvait depuis douze minutes dans l'Airbus — bien placé, en secondes, au fond — et il n'avait pas vu parmi les derniers arrivés un seul individu correspondant au signalement de Le Dangeolet. Les retardataires n'avaient pourtant pas été très nombreux. Une *mamma* furieuse que ses fils de huit et dix ans aient embarqué seuls avant elle — qui avait le billet (tout l'avion fut mis au courant) et cherchait les *bambini* depuis une heure. Deux jeunes filles en noir. Les six crânes d'œuf. Aurait-on décollé sans attendre le provincial ?

Ça commençait mal. Fichart allait devoir examiner les passagers un par un. Toujours difficile, cet exercice. On était vite repéré par les hôtesses, qui vous priaient

de vous asseoir. Il fallait invoquer des troubles uri-
naires.

Une hôtesse, précisément, se penchait sur Fichart.

« Monsieur Tonnelier ? Un message de la direction
de l'Opéra.

— Merci », dit Fichart.

Son passeport, ce jeudi, était au nom de Hector
Tonnelier, imprésario.

Le message faisait deux lignes : *Cinq violonistes
accompagneront finalement le ténor. Prendre en charge
les six. Prime en proportion.*

TROISIÈME PARTIE

ROME

Jeudi, 19 h 30

« Asseyons-nous », dit Waldemar Waldenhag en désignant aux six Français le cercle de fauteuils Empire, au centre de son grand bureau.

Il était de ces hommes en présence de qui on se dit immédiatement : tout va s'arranger. Lui aussi avait quelque chose d'Empire. Une évidente densité de la pensée, des os, du cœur. Pour le reste, le teint très brun, des épaules et un calme impressionnants, et un accent du Liechtenstein à couper au couteau.

Il avait parcouru quinze mille kilomètres en deux jours, et accumulé un tel tricotage horaire qu'il lui avait semblé plus simple, posant le pied à Rome une heure plus tôt, de n'y penser plus. À huit heures et demie, il ouvrait le débat « Droit de Dieu, droits des hommes » à l'Institut pontifical. Il ne lui restait guère qu'une demi-heure à consacrer aux arrivants, dont il entendait garder la moitié pour un tête-à-tête avec Mauduit. Mais de tout cela, rien n'était perceptible à ses interlocuteurs.

Le général regarda chacun des six hommes à son tour. Après quoi il sourit.

« Qu'est-ce que ça change, au fond, d'avoir la preuve de l'existence de Dieu ? »

Le Dangeolet prit un air excédé, et d'autorité la parole :

« Père Waldenhag, est-ce bien le moment de plaisanter ? Je vous en prie ! L'heure est grave, et il n'est pas question de divulguer la preuve avant d'avoir fait le tour de tous les effets que cela pourrait avoir sur le monde. Car une chose est sûre, le monde en serait bouleversé. Et une autre beaucoup moins sûre : que nous ayons à y gagner tant que ça.

« Il n'y a pas de temps à perdre. Je ne sais comment, certains à Paris sont au courant de l'existence de la preuve. Dieu merci, ce ne sont pas des journalistes, mais des membres du gouvernement, ou tout comme. Leur sens de l'État devrait les empêcher de parler à tort et à travers. Mais enfin, l'information est lâchée. Si nous voulons l'arrêter dans sa course, il nous faut faire très vite.

« J'ai eu tout à l'heure un entretien avec notre ministre de l'Intérieur. Mes compagnons de voyage ici présents en ont été témoins, le malheureux n'avait pas pu me voir avant notre départ, et il a fait des pieds et des mains pour m'immobiliser au sol à Roissy avant le décollage de l'avion. Il tenait mordicus à me parler.

« Le gouvernement est terriblement inquiet de savoir la preuve établie. Et plus encore de l'imaginer diffusée. Il a fait plancher ses experts pour avoir une idée de ce que pourraient devenir nos sociétés, informées de la chose. Les prévisions sont alarmantes. Le premier effet serait évidemment le chaos.

« Nos économies si complexes et fragiles vont se trouver sens dessus dessous. Les hommes, éblouis par Dieu, n'auront plus de raison de continuer à travailler pour faire tourner comme avant la machine. Le primat de l'économique s'effondrera. Quatre-vingt-dix pour cent des entreprises humaines apparaîtront dérisoires. Le publicitaire, l'esthéticienne, tous les marchands de rêve et d'évasion fermeront boutique. A fortiori les marchands de canons. Le seul comportement tenable sera peu ou prou celui des contemplatifs : oraison et frugalité. Je ne vois pas qu'aient encore la moindre importance la recherche en général et la théologie en particulier, mes bien chers. Une économie archaïque s'instaurera. Du coup, ce sont les salles de change qui fermeront, les Bourses du monde entier, les chaires de finance internationale, les écoles de commerce. Frugalité et oraison.

« Nous avons eu assez de mal à mettre un peu d'ordre sur terre, depuis vingt siècles. Et c'est l'ordre qui va être sapé à la base ! L'ordre des priorités, le calendrier des urgences, le départ entre l'essentiel et l'accessoire... Les valeurs fondatrices des sociétés modèles en ce bas monde seront déboulonnées : la valeur travail, la valeur enrichissement-développement, la valeur organisation sociale. Finie, l'acceptation de l'autorité ! Terminé, le respect des hiérarchies !

« À plus long terme, un monde voué au bien n'a rien pour rassurer. Je conçois que le paradoxe vous choque. Mais croyez-vous vraiment qu'un monde d'orants soit vivable ? Je reprends l'expression du ministre, elle-même empruntée aux experts de Matignon, "il faut imaginer la France comme un grand monastère". La France, et l'Italie, et le Liechtenstein, et les autres. Ne parlons même pas des conséquences sur la démographie : elles pourraient régler le problème par l'extinction de l'espèce humaine. Non, posons que le monde se survit. Nous avons assez tonné contre l'esprit de lucre et l'exclusion sociale, on ne peut pas nous accuser d'avoir pactisé. Mais de là à jeter le bébé avec l'eau du bain... L'humanité ne s'est pas mal trouvée de l'électricité, des vaccins, du nucléaire, disons-le : de la bombe atomique. L'ivraie s'est toujours mêlée au bon grain, *indissociablement,* et au total on était à peu près à l'équilibre. Ça tournait. Pourquoi vouloir tout déséquilibrer ?

« Le bien, le bien pur : on sait où ça mène. On les a vues à l'œuvre, les communautés idéalistes, les Cathares, les Vaudois, les Anabaptistes à Münster. Tôt ou tard, le sectarisme l'emporte, avec le fanatisme, l'éloignement du réel et la tentation du suicide. Le refus de la vie et de son ambiguïté, de sa féconde ambiguïté, conduit, excusez la tautologie, à la préférence pour la mort.

« Croyez-moi, cette preuve est lourde de menaces. Un ange est passé : qui sait si ce n'est l'Exterminateur ? »

Les cinq initiés n'avaient pas été longs à rompre avec la respectueuse attention de mise lorsque parle un provincial. Au premier doute émis par Le Dangeolet quant à la bienfaisance de la preuve, ils avaient eu l'air étonné. À la perspective d'une rétention de la nouvelle, interdit. L'annonce du chaos social et de la régression économique leur avait froncé les sourcils. Mais quand le ton était monté, virant sans équivoque au procès, là, de concert, les cinq s'étaient mis à décliner tous les signes classiques de dénégation, le *Ttt Ttt* mouillé, le non de la tête, l'index en balancier de métronome et jusqu'au franc « Et quoi encore ? ».

Waldenhag avait imposé d'une main silence à l'orchestre. Le Dangeolet en était à l'apocalypse. Mauduit, Schmuckermann et Beaulieu affichaient les dix variantes de l'affliction, entre réprobation et compassion. Montgaroult semblait ni plus ni moins consterné. Michalet était au-delà : il se tenait les côtes, au sens propre, la tête baissée pour dissimuler son fou rire.

La conclusion d'Hubert Le Dangeolet assimilant la preuve à l'Exterminateur sur le mode à peine interrogatif fit crépiter cinq « Oh ! ».

Le père Waldenhag se tourna vers les émetteurs.

« Un avis divergent ? »

Ce fut un chœur. Un opéra, plutôt. Les cinq offusqués étaient rompus à la controverse, et trop d'accord, ce soir, pour laisser un mot en couvrir un autre. Les répons fusèrent, réglés comme chez Mozart :

« Pourquoi craindre un bouleversement complet ?
— La preuve n'est pas la Révolution !
— Mettons à part le choc, à son apparition.
— Quelques jours...
— Le monde ne va pas s'arrêter de tourner.

— Bien sûr, tout se vivra différemment.

— Question d'éclairage.

— De luminosité.

— Mais rien ne sera vraiment différent.

— Rien ne sera rayé du monde.

— C'est à croire, père Le Dangeolet, que vous parlez d'un autre écrit !

— Qu'est-ce que cette idée de Bien pur ?

— La terre n'est pas le ciel.

— Elle est Totalité.

— Dieu n'est pas Mazda.

— Il est Tout.

— Oh, dualisme !

— Oh, simplisme !

— Pourquoi penser que l'uniformité va s'imposer ?

— Le mal sera toujours le mal.

— Et la liberté humaine, la liberté.

— Dieu s'impose, autrement dit Il s'expose. Il s'expose à être rejeté.

— Ce n'est pas Staline.

— Ceux d'entre les hommes qui voudront se vouer à la rédemption du Tout le pourront.

— Comme depuis toujours ils le peuvent.

— Mais ceux qui préféreront le non en seront tout aussi libres.

— Plus libres, même.

— Le cynique, s'il veut, pourra être encore plus cynique.

— La brute encore plus brutale.

— En exploitant en quelque sorte le sacrifice du Christ.

— La preuve peut améliorer le monde.

— Elle peut aussi y aggraver les tensions.

— Le plus probable est qu'elle n'y changera pas grand-chose. »

C'était au tour d'Hubert Le Dangeolet de paraître éberlué.

« Inouï ! L'annonce au monde de la preuve de l'existence de Dieu n'aura selon vous pas d'effet !

— Nous n'avons pas dit ça. Elle portera au plus haut point et la conscience et la liberté humaines.

— Rien d'autre ? Rien de plus positif ?... Je ne peux pas vous suivre. Quand *tout le monde* connaîtra que Dieu existe, et Qui Il est, comment imaginer que le Malin ait encore prise sur les hommes ? Que ceux-ci soient aussi perdus qu'aujourd'hui, pour ne pas dire aveugles ? Aussi cupides, aussi lâches ? Qu'ils continuent à craindre autant la mort ? À idolâtrer le pouvoir, la gloire, la richesse ? »

La lumière du couchant baignait la pièce. Par la fenêtre ouverte, au-delà de la balustrade, le parterre de toits de tuiles conjuguait tous les orangés, tous les roses.

« Il est tard, dit Waldemar Waldenhag. J'ai peu de temps ce soir, nous n'allons pas conclure. Vous m'avez fait l'honneur de me demander mon conseil. Laissez-moi de mon côté consulter l'Esprit-Saint. Au préalable, il me faut instruire le dossier. Je vais voir le père Mauduit le premier, seul à seul. Je vous verrai demain l'un après l'autre en tête à tête. Vous logez Corso Vit-

211

torio Emmanuele. On vous y dira demain vers huit heures à chacun l'heure d'un rendez-vous. »

Il se leva. Les autres aussi.

« Le père Le Dangeolet a bien voulu m'apporter cette preuve qui vous émeut tant, reprit le général. Priez pour moi et avec moi. Je vous souhaite platement bonne nuit. »

Il avait désigné un des fauteuils à Mauduit. À la porte il retint le provincial :

« Je suis à l'Institut pontifical entre huit heures et demie et onze heures ce soir. Puis-je vous voir ensuite ? Si ce n'est abuser, je vous retrouverai ici vers onze heures et demie. Sonnez en bas, et dites que vous avez rendez-vous avec moi. Cela n'étonnera personne. Il m'est arrivé de donner des rendez-vous bien plus tard. »

Jeudi, 22 h

« Père Paindavoine, je vous remercie », dit Mgr Velter. Dans sa poignée de main passa une vibration de
reconnaissance. « Je vous tiens informé », conclut
l'archevêque.

Il referma sa porte. Son bureau n'était éclairé que
dans le coin salon où l'entretien avait eu lieu, mais il
n'avait pas envie d'allumer en grand et il se dirigea vers
la fenêtre. Il eut une bouffée de satisfaction cependant.
Il avait réussi à faire rapporter presque mot à mot à
ce bon Paindavoine la confession de l'huile anonyme.
La preuve était bel et bien détenue par les casuistes,
et tout près : rue Madame.

Mais dès que l'archevêque fut à la fenêtre, tout
contentement le quitta. Ce qu'il voyait faisait froid
dans le dos. Ça n'avait pas été très net au cours de la
conversation, mais ça se précisait à la vitesse grand V.
Cette preuve, c'était la fin de l'Église romaine.

Mgr Velter n'avait pas pour habitude d'esquiver les
questions brutales. Et la question se posait crûment :

qu'est-ce qu'on devient, dans l'histoire, moi et mon Église ?

Dans un premier temps, certes, on triomphait. On était confirmé dans ce qu'on avait soutenu sans faillir face au rationalisme, au scientisme, à l'athéisme, au freudisme, au marxisme, au structuralisme.

Mais bientôt on disparaissait. Les catholiques, de fait, devenaient protestants. Ils étaient en ligne directe avec le Père, ils se passaient d'intermédiaire. Le clergé perdait son pouvoir. L'économie trinitaire apparaissait claire, il n'y avait plus à penser l'impensable : c'était la fin de la théologie. La fin du monopole doctrinal en matière céleste.

Il y avait plus grave. À partir du moment où Dieu était *sûr*, aux deux sens du terme, certain et absolument digne de confiance, et où de plus il était sûr pour *tous*, l'homme devenait effroyablement libre. Mgr Velter ne s'illusionnait pas. Si l'homme était resté bon an mal an moral, jusqu'en cette fin du deuxième millénaire, c'était pour deux raisons. Soit il ne croyait pas en Dieu, et il se sentait responsable du monde. Soit il croyait en Dieu, mais sans en être sûr, et il faisait le bien pour faire en quelque sorte exister Dieu.

Mais lorsqu'il connaîtrait Dieu comme certain, il se sentirait quitte et du salut du monde et de l'avènement divin.

Mgr Velter regarda sa montre. Dix heures vingt-cinq. Il traversa le grand bureau de son célèbre pas de charge, s'empara de son tétéphone et composa le numéro du père Le Dangeolet — la ligne directe.

Ce fut Bizzi qui décrocha.

« Le père provincial n'est pas à Paris ce soir, dit-il, angélique.

— Où peut-on le joindre ?

— Il fait retraite dans un lieu qu'il m'a prié de tenir secret. »

Trop tard, fulmina l'archevêque. Il est déjà à Rome, auprès de son patron.

« Il est à Rome ?

— Vous comprendrez que je respecte son désir de silence.

— Quand revient-il ?

— Dans quelques jours.

— J'attendrai. »

Mais à peine eut-il raccroché que Mgr Velter, loin d'attendre, fit le numéro de la maison mère des casuistes à Rome, Corso Vittorio Emmanuele II :

« *Sono il segretario di Padre Le Dangeolet. Lo sto cercando, è da voi* [1] ?

— Un moment, répondit-on dans un français parfait. Il est dans sa chambre. On va l'y chercher.

— Je vous en prie, n'en faites rien. S'il est déjà monté, ne le dérangez pas. Nous avons rendez-vous au téléphone à la première heure, demain. J'attendrai jusque-là. »

Lui eût-on dit : Il est à deux pas, je vous le passe, Mgr Velter avait tout prévu. Il coupait net la communication. Le Dangeolet rappelait Bizzi, qui se défendait d'avoir appelé Rome, et n'osait pas imaginer

---

1. Ici le secrétaire du père Le Dangeolet. Je le cherche. Est-il dans vos murs ?

— envisageait bien, mais n'osait pas faire à haute voix l'hypothèse — que le mauvais plaisant pût être l'…

Une troisième fois le prélat fit un numéro. Air France Info.

« À quelle heure part le prochain vol pour Rome, s'il vous plaît ? »

Il comptait parmi les familiers du Saint-Père. Il allait au Vatican toutes les semaines, le lundi, mais voulait être sûr que le vol de sept heures était bien programmé le vendredi. On le lui confirma.

Il vérifiait dans son agenda qu'il pouvait sans trop grand dommage annuler tous ses rendez-vous du lendemain quand son téléphone sonna. Pasquale Zonza.

Grand Dieu, c'est vrai. Devait rappeler entre dix heures et demie et onze heures.

Zonza qui avait l'air préoccupé, qui fit une allusion incompréhensible à « certains cas où la séparation de l'Église et de l'État ne veut plus rien dire », une autre à un nommé Mauduit, prêtre inconnu de Mgr Velter, et finit par dire (accent grandes heures corses) : « Il serait préférable que je vous voie, non ? Puis-je faire un saut à votre bureau ? Dix minutes. »

Jeudi, 22 h 47

ROME
Jeudi, 22 h 47

La Ville éternelle était en délire : la Lazio avait battu Paris-Saint-Germain. Le Corso Vittorio Emmanuele II était en délire. Le bistrot, sur le Corso, d'où Fichart essayait de joindre Zonza au téléphone, était plein à craquer de supporters de la Lazio en délire, et Fichart entendait très mal.

« Quelle rue ? Je n'entends rien. »

Impossible de comprendre dans quelle rue de Paris stationnait la voiture de Zonza. Après tout, ce n'était pas grave. Fichart avait cherché le ministre au ministère, au Sénat, *Chez René*. Il avait fini par obtenir sa voiture, et dans la voiture son chauffeur.

« Chez qui ? fit-il répéter. Non, pas chéri. *Chez qui* est-il ? »

Impossible de savoir chez qui le ministre était monté, à cette heure tardive. Après tout, Fichart s'en fichait. Ce qu'il voulait, c'était parler à son patron.

« Combien de temps ? Non : *de temps*. Je demande combien de temps il a prévu de rester chez cette personne. Dix minutes ? J'ai bien entendu : dix minutes ?

Et il vient de monter ? Eh bien, je le rappellerai dans dix minutes. Dites-lui que Fichart cherche à le joindre, de l'opéra. Non, pas pinard. *Fichart !* »

Jean-Sébastien Fichart avait rempli son contrat pour ce soir et n'en était pas mécontent. Après tout, ce n'était pas si simple, de filer six personnes à la fois. À vrai dire, ça n'avait pas été si dur.

Les six s'étaient rendus ensemble, en deux taxis, de l'aéroport de Fiumicino au petit Palazzo Pozzo, Via Fornarina, près du Campo dei Fiori. Trois quarts d'heure après, cinq d'entre eux, ensemble toujours, allaient à pied du Palazzo Pozzo au 21, Corso Vittorio Emmanuele II, à deux pas.

Ne les voyant pas ressortir, et comme il était huit heures et demie du soir, Fichart avait supposé qu'ils passaient la nuit là. Istituto Raggi, disait la plaque, à l'entrée. Un quelconque centre d'études.

Fichart repartait pour le Palazzo, à la recherche du sixième, lorsqu'il l'avait vu arriver, le pas hésitant, et entrer à son tour à l'Institut.

Du coup, il s'était installé au *Presto*, en face, un œil sur la porte du 21, l'autre sur la télévision, où Rome faisait son affaire au PSG. Les spaghettis étaient servis à la portion, petite, la portion. Mais le chianti se laissait boire. Fichart avait horreur d'être battu. Il s'était donc glissé, comme il savait le faire, dans la peau d'un Romain anonyme, et il avait passé un excellent moment.

Il se confirmait que les six chercheurs dormaient à l'Institut. Fichart pouvait joindre Zonza.

Les dix minutes étaient passées, il recommença. Une fois, deux fois. La communication finit par s'établir.

« Allô ? Vous avez dit : pas redescendu ? Les dix minutes sont pourtant passées... Mais si, mon vieux, je sais ce que c'est qu'un ministre. Bon, je rappelle dans cinq minutes. Non, pas Ricard. *Fichart.* »

Jeudi, 23 h 41

Waldemar Waldenhag arriva en retard Via Fornarina. Il s'engouffra sous le porche, lançant au passage au vieux père Alessio, qui gardait la maison ce soirlà : « Mon rendez-vous est déjà monté, je suppose ? »

Le vieux père fit non de la tête, et le général marche arrière :

« Pas là ?

— Personne. »

Il ne viendra pas, se dit Waldenhag. Il n'était pas surpris. Il avait eu des distractions pendant le débat à l'IP, entre autres le pressentiment d'un faux bond du provincial en fin de soirée. Le pauvre se faisait une idée si noire de la vie après la preuve. Il était à craindre qu'il freine autant qu'il le pourrait la propagation de la nouvelle.

Autant qu'il le pourrait... Waldenhag était ressorti attendre son confrère sur le trottoir. Brusquement il piqua par la Via del Pellegrino en direction du Tibre. La nuit était sombre. Des cris et des klaxons résonnaient encore du côté du Corso. Le général courait.

Il arriva en trois minutes au Ponte Mazzini et vit, comme il s'y attendait, au milieu, Le Dangeolet appuyé des deux coudes au parapet.

Le provincial avait les poings devant la bouche, en boule. Au bruit des pas qui s'approchaient, il tourna le visage et n'eut pas l'air surpris non plus.

« Donnez-moi ces papiers, ami, dit Waldenhag.

— Non. Vous allez les lire. Vous ne verrez plus le danger qu'il y aurait à les lâcher dans le monde.

— Et après ? Tout ce qui vient de Dieu ne peut être que bon.

— Plus j'y pense et plus je me dis que ce message-là pourrait bien n'être pas de Dieu. Ce serait un coup de génie du diable. Vous imaginez : torpiller la création en y jetant la preuve de l'existence du Créateur ! Le doute sur l'existence de Dieu était la seule formule viable pour l'humanité. Croyait qui voulait, ne croyait pas qui préférait. Pas plus de certitude pour l'un que pour l'autre. Un respect mutuel — mis à part les ères de certitude. La certitude, quel que soit son bord, engendre le fanatisme. Elle n'engendre pas que lui, mais elle l'engendre immanquablement. Voyez les Croisés, les Inquisiteurs, aussi bien que les révolutionnaires athées : tous ont haché menu, brûlé, guillotiné, sûrs de bien faire. Au fond, le doute est le seul contrepoids aux folies humaines. C'est la raison, le doute.

— Mauduit est persuadé que la preuve n'enterrera pas le doute. Il me l'a dit tout à l'heure. Pour lui, avant la preuve nous avions quantité de preuves que nous ne considérions pas comme telles. Le Christ, bien sûr, les saints et tous les êtres merveilleux, mais aussi la grâce, la grâce manifeste de mille manières dans la créature et la création, dans un geste, un visage, un ciel, un champ de fleurs... "Une chambre dorée par le soleil, vous savez, c'est déjà une preuve", m'a dit Mauduit. Et nous ne trouvions rien là d'extraordinaire. De même, dit Mauduit, que nous ne connaissons jamais notre bonheur, jusqu'au moment où il nous est ôté.

— Ces preuves dont il parle n'en sont pas. *La* preuve est un explosif d'une autre violence.

— Écoutez, dit doucement Waldenhag, votre invitation à la prudence est fondée. Je l'approuve. Examinons encore et encore le document. Étudions-le, expertisons-le. Prenons tout le temps qu'il faudra et laissons l'issue grande ouverte. Vous avez commencé. Schmuckermann et Michalet sont hommes de science autant que de foi. Continuons. »

Le Dangeolet ne se redressait pas. Un grand nuage escamota la lune. Le Tibre était noir, sous le pont.

« Permettez-moi de relever certains mots que vous avez eus à l'instant, reprit Waldenhag. Vous parlez de "la preuve". Vous dites : "le doute sur Dieu *était* la seule formule vivable". Vous êtes convaincu.

— Si je ne l'étais pas, siffla Le Dangeolet, je lirais la preuve. Je crois en effet que cet écrit fait preuve, je vous dirais même, quoi que j'aie prétendu il y a deux minutes, qu'il est de Dieu. Et j'ai peur.

— Peur de quoi, grand Dieu ? J'ai bien entendu votre mise en garde, avant le dîner. L'Exterminateur... Vous y allez fort !

— Mais non. Si la preuve nous vient de Dieu, elle est signe que la fin des temps est proche. Vous voyez, quand Beaulieu et Montgaroult m'ont parlé de preuve, j'ai cru à un délire. Schmuckermann et Michalet, et probablement Quelqu'un d'autre, m'ont retourné. J'ai été heureux, alors, je vous l'assure : nous avions cru sans voir, nous allions voir, nous triomphions. Mais assez vite, une inquiétude m'a gagné, jusqu'à l'angoisse, l'obsession. Cette preuve annonce la fin du monde.

— On ne peut l'exclure, il est vrai.

— C'est tout simple. Nous sommes en mai 1999. La preuve va précipiter l'humanité dans la tourmente, j'ai assez dit comment tout à l'heure. Les justes vont se convertir, les autres s'entêter. Et en l'an 2000, le Créateur coupera le souffle à la création. *Sufficit.* »

Waldenhag garda le silence. Et puis, calmement :

« Peut-être bien, mon vieux. Mais quand ce serait : nous n'allons pas à nous deux enrayer la fin des temps. D'ailleurs, soyez pratique : si vous jetez la liasse à l'eau, Mauduit et les quatre autres la reconstitueront mot à mot, de mémoire.

— On peut leur demander le secret. Ils ont fait vœu d'obéissance. On oublierait cette histoire. On respirerait.

— Vous croyez ? Il y a quelque deux mille ans, d'autres ont pensé aussi en finir avec un certain Jésus en l'éliminant. Le christianisme est né au Golgotha. Si la preuve est de Dieu, vous pouvez bien la couler dans le béton, elle réapparaîtra. »

Deux voitures passèrent en trombe sur le pont, avertisseurs bloqués. Une voix cria :

« *Non è certo la serata per buttarsi in acqua, imbe-cilli* [1] *!*

— Tout à fait d'accord ! » dit à pleine voix Waldenhag. Et sans transition, à Le Dangeolet :

« Pourquoi ne pas être confiant et envisager, comme ceux qui ont lu la preuve, que celle-ci n'est qu'un pas de plus dans la Révélation ? Le pas ultime, sans doute, mais en aucun cas un coup de pied dans la fourmilière. Le monde en sera éclairé, non bouleversé.

— Je crois que cet éclairage, ou plutôt cet éclaircissement changera tout.

— Il se peut qu'il change tout, mais pas fatalement en pire. Vous avez entendu les trois prévisions de nos amis initiés : le monde peut progresser vers le bien, il peut se déchirer et sombrer, il peut ne pas changer vraiment. Prévisions dont je vous ferais observer qu'elles sont valables aujourd'hui comme hier, et depuis toujours. Vous avez remarqué, du reste, le calme de nos cinq amis ? Leur joie ?

— Ce sont des saints. Et puis pour eux, en effet, rien n'est fondamentalement changé. Mais pour les incroyants ? Pour la masse des hommes d'aujourd'hui qui n'a pas de sympathie particulière pour le christianisme ? Ceux-là vont ruer dans les brancards.

— La preuve sera un rude coup pour eux, bien sûr. Mais guère plus que pour les croyants, vous savez. Nous croyons si peu, nous autres croyants. Nous espérons si peu de Dieu. Nous prenons de la foi ce qui

1. Ce n'est pas le soir où sauter à l'eau, imbéciles !

231

nous arrange, nous laissons le reste. Nous vivons pour tant d'autres choses. Père Le Dangeolet, en voilà assez, maintenant ! Donnez-moi ces papiers ! »

Le Dangeolet s'affaissa encore sur le parapet.

« Il fallait me les demander avant. Je ne les ai plus. »»

Waldenhag n'hésita pas dix secondes.

« Vous mentez.

— Je mens, oui. »

Le Dangeolet avait un ton de grande lassitude.

« Tenez. Prenez-les. »

Il sortit de la poche intérieure de sa parka une enveloppe qu'il ne regarda pas.

« À la grâce de Dieu.

— Mais oui, dit Waldenhag. Vous avez fait ce que vous pouviez, à présent, laissez faire.

— Vous allez lire ces pages ?

— Je vais essayer. Ne croyez pas que ça me sera facile. Je ne suis pas un saint, moi non plus. Je m'accommodais d'un certain flou. Et je redoute autant que vous de me perdre. Mais j'ai une raison intime de lire ce texte. Je veux savoir pourquoi, comment, et selon quelle économie supérieure le Dieu bon et omnipotent de l'Évangile laisse les peuples s'étriper, la terre se fendre au milieu des villes et les enfants mourir de faim. Je l'ai "expliqué" mille fois, au moyen de ces arguments hérités du thomisme et prodigieusement sophistiqués que vous connaissez comme moi, et avec tant de fermeté que j'ai dû convaincre, parfois. Mais moi, le mystère du mal me reste en travers de la gorge. »

232

Il prit Le Dangeolet par le bras.

« Venez, allez dormir. Je vous raccompagne. Voyons-nous demain en fin de matinée, voulez-vous. À mon bureau ? Ou préférez-vous le plein air ? Écoutez, je vous appellerai vers midi, quand j'aurai vu Beaulieu, Montgaroult, Michalet, Schmuck, et probablement Mauduit à nouveau. »

Vendredi, 8 h 30

Dominique prenait son petit déjeuner très vite, et toujours le dernier, de façon à le prendre seul. Ce vendredi, il trouva le petit Bizzi au réfectoire, qui l'attendait, au bout d'une table. Il se souvint de leur jeu de la veille.

« Tu as ta deuxième réponse ? »

Il avait du mal à tutoyer les casuistes, mais ceux-ci étaient intraitables, ils refusaient le *vous*, du moins ceux de son âge. Au reste, ce matin, le *tu* vint sans effort à Dominique.

Bizzi relâcha la petite cuillère qu'il torturait depuis dix minutes.

« J'ai une réponse, dit-il. Il n'y a pas trente-six raisons de nager dans le bonheur. Ta mère t'a redonné signe de vie. »

On savait, au 42 *bis*, que la mère de Dominique l'avait élevé seule, et quand elle en avait le temps. Toute son enfance, et son adolescence, Dominique avait été placé à la DASS, puis repris par sa mère, replacé, repris...

237

« Ce n'est pas ça, dit-il. Ça m'aurait rendu bien heureux, pourtant. Mais je suis beaucoup plus qu'heureux, tu l'as vu. »

Bizzi tordit la petite cuillère.

« Tu me donnes une troisième chance ?

— La dernière, oui. Tu as jusqu'à ce soir. »

Vendredi, 12 h 20

« Allô, dit Waldenhag, le père Le Dangeolet ? Je suis content de vous trouver, nous allons devoir faire vite. Les choses avancent. Rien de décisif encore, n'ayez crainte. Voilà où j'en suis. Cette affaire me dépasse, et dépasse ma responsabilité. J'ai résolu de la remettre aux mains de plus grand que moi. C'est au pape d'en être saisi. Je viens d'avoir au téléphone le cardinal Chiaradia.

— Au Vatican ? Le secrétaire d'État ?

— Lui-même. Figurez-vous qu'il m'a pris de court. J'ai parlé d'une affaire urgente. Il m'a donné rendez-vous dans la demi-heure, exactement à une heure moins le quart. Demain, il sera loin de Rome. Cet après-midi, il a cent obligations. C'était tout de suite ou beaucoup plus tard. Voulez-vous m'accompagner ? J'ai obtenu que nous venions à deux.

— Vous avez dit qui serait le deuxième ?

— Il m'a paru normal de vous associer à cette démarche.

— Je pourrai plaider mon point de vue ?

241

— Si cela m'avait semblé inopportun, je ne vous aurais pas invité à m'accompagner. »

Le vieux portier de l'Institut avait passé son téléphone au provincial, mais gardé sa chaise. Il écoutait de toutes ses oreilles.

« Vous avez lu la preuve ? demanda Le Dangeolet aussi bas que possible.

— Je l'ai lue, le jour se levait. Je n'ai pas vos inquiétudes. J'en ai d'autres. Mais ce n'est pas le moment de vous les dire en détail. Une voiture nous prend dans dix minutes au Palazzo Pozzo. Je vous attends. Nous parlerons en route. »

Vendredi, 12 h 25

Bizzi fit irruption à la porterie.

« Tu souris, tu souris, arrête un peu ! dit-il à Dominique. Je t'ai vu à travers ta porte avant d'entrer, tu ne m'avais pas entendu venir et tu souriais !

— Ce n'est pas pour me dire ça que tu venais, dit doucement Dominique.

— Bien sûr que non. Écoute un peu. Voilà ma troisième réponse. Ton père est retrouvé. »

Dominique n'avait jamais connu son père. Sa mère disait « le salaud », ou « le salaud-bon-débarras ».

« Tu n'y es pas, répondit-il. Mon père ne me manque pas. Quelquefois je rencontre un inconnu et je me dis : il a son âge. Je le regarde comme un frère. Le Père, notre Père me suffit.

— Ça va », dit Bizzi.

Il tourna le dos et sortit.

Il n'avait pas trouvé. Dominique en pleura, une minute. Un appel au standard le remit d'aplomb. En un sens il était soulagé. Bizzi aurait pu le questionner sur la bonne réponse, et les quelques-uns qui savaient étaient tenus au silence. « On nous demande de nous taire, avait dit Hervé Montgaroult. Deux ou trois jours, pas plus, tu penses. »

Vendredi, 12 h 46

Ils s'étaient mépris sur le geste, il est vrai minimal, de l'huissier du premier. Au second ils étaient partis dans le mauvais sens. Ils avaient compris leur erreur au bout sans issue d'une galerie où les ancêtres étaient tous des prélats. Ils arrivèrent à l'antichambre du cardinal Chiaradia à midi quarante-six.

Le Dangeolet n'était plus sûr de tenir à son point de vue tant que ça. Pour tout dire, il n'était plus sûr de son point de vue. Et puis vue sur quoi ? Il n'avait pas lu la preuve, lui.

Or la preuve était bien la preuve, venait de lui assurer Waldenhag. Elle manifestait la réalité, la nature, la présence divines. Elle était bien de Dieu. Il ne servait à rien de multiplier les expertises.

Comme toutes les grandes découvertes, celle-ci devait le jour à un changement de méthode. Qu'importait que Mauduit fût l'auteur ou l'outil de ce changement — la différence ? D'un abandon auquel, épuisé, il avait consenti, dans le déchirement et à un pas du désespoir — de l'abandon à un espoir

249

dernière braise était venu le glissement. Des champs de la connaissance jusque-là séparés se trouvaient mis en relation, et par une idée simple, accessible aux plus humbles. Tout prenait sens. L'interconnexion était générale, indiscutable, et d'une perfection formelle à tomber à genoux.

Waldenhag parlait à mi-voix, à l'arrière de l'auto. On avait cinq minutes à peine, il allait vite. Il était revenu pourtant sur un point. L'essentiel, disait-il.

Les chrétiens se faisaient une idée dualiste de Dieu terriblement insuffisante. Le Très-Haut, le Très-Bon — Dieu était aussi dans le Bas, disait Waldenhag. Il était intime au défaut, au manque, à l'absurde, il était intime au mal.

Le Dangeolet tentait de graver les phrases dans sa mémoire. « Dieu a créé avec le monde la totalité de l'être. » « Tout ce qui est n'a d'autre sens que d'être. » « À travers la création, Dieu explore en Lui-même le libre jeu de l'être, de tout l'être : bien, mal, sens et non-sens, splendeur et horreur mêlés. » « Ce qui est n'est rien d'autre que Dieu en train d'être. » « Nous sommes fondés en Dieu chacun pour ce qu'il est. »

« Même le tortionnaire ? grimaça Le Dangeolet.

— Même le tortionnaire.

— Dieu est indifférent au mal ?

— Le Père accepte tout, puisqu'il engendre tout. Mais Il souffre tout. Il n'y a aucune distance entre la souffrance d'un homme et la souffrance de Dieu. Et le Père risque tout dans sa création. Parce qu'elle est totalité, la création porte en elle les germes de sa propre destruction. Le Père y est en jeu. Le Fils ne sauve pas seulement les hommes, en quelque sorte Il sauve aussi le Père. Il justifie sa création. »

Déjà on pénétrait dans la Cité du Vatican.

« Vous avez parlé d'inquiétudes autres que les miennes, avait dit Le Dangeolet.

— L'homme instruit de la preuve sera enfin libre, sa conscience très haute et ses actes gratuits. D'un autre côté, connaître que Dieu est en tout risque de légitimer n'importe quel comportement. Souvenez-vous de ce que nous disaient les cinq hier : la brute peut être confortée dans sa brutalité, l'homme sadique avec sa femme dans son sadisme, et ainsi de suite. L'amoralisme peut s'emparer de l'humanité. »

Le Dangeolet se rappelait l'expression d'angoisse de son supérieur. Mais ce qui aurait dû l'affermir, l'ancrer dans sa prudence au contraire lui ôtait toute envie d'intervenir auprès du cardinal-secrétaire d'État.

« Je ne suis plus certain d'avoir grand-chose à dire », souffla-t-il au père Waldenhag.

Celui-ci ne répondit pas. Il était midi quarante-sept et la porte à double battant au fond de l'antichambre s'ouvrait sur le bureau considérable du secrétaire d'État.

« Avancez », dit le cardinal, et Le Dangeolet ne vit plus que lui.

Il l'avait déjà vu, mais de loin, au dernier congrès général des casuistes. Jusque-là il était de ceux qui plaisantaient sur son grand air. Cette fois il dut se retenir pour ne pas prendre Waldenhag par la main.

Mgr Chiaradia avait un physique de prince. Ce

n'est pas fréquent chez les princes, qui souvent n'ont l'air prince qu'en grand uniforme. Chez Carlo Giuseppe Chiaradia, le physique s'accordait à la dignité comme ça n'est la règle qu'au théâtre.

Le cardinal était d'une taille et d'une minceur rares, encore accentuées par la soutane noire. Les cheveux neige, lisses et courts. Les traits d'un jeune premier de soixante-dix ans.

Ses adversaires prétendaient que cette allure n'avait pas été pour rien dans sa carrière, et qu'au séminaire déjà, le voyant passer, ses professeurs disaient : celui-ci ira loin.

Chiaradia avait des ennemis. Il était de l'espèce, somme toute peu nombreuse, des conservateurs prodigieusement intelligents. On trouvait rarement à répondre à son ultime argument. On savait qu'on avait raison, pourtant. Alors on dégoisait le souverain physique en coulisses.

« Avancez », répéta le cardinal, venant à la rencontre des casuistes.

Il leur mit à chacun une main sur l'épaule, leur souhaita bienvenue et les entraîna vers une longue table recouverte d'un tapis vert. Ce faisant il tourna la tête en direction d'une fenêtre d'où se détacha une silhouette à contre-jour. Les deux casuistes reconnurent Mgr Velter.

Tous quatre prirent place à un bout de la table, casuistes d'un côté, éminences de l'autre.

« Monseigneur, dit aussitôt Waldemar Waldenhag, voici la preuve de l'existence de Dieu. »

252

Il sortit de sa veste l'enveloppe brune et la posa sur la table.

« Vous l'avez lue ? demanda le cardinal sans paraître autrement surpris.

— Je l'ai lue. Quatre de nos meilleurs experts l'ont lue. Il n'y a pas de doute. Qu'importe, du reste, en l'occurrence la qualité d'expert. Ce document a de stupéfiant qu'il s'impose à quiconque en prend connaissance.

— C'est ce que l'on me dit, confirma Mgr Chiaradia dans une inclination du front vers Mgr Velter.

— Vous êtes au courant ? firent ensemble les casuistes.

— Nous n'avons plus que cette affaire en tête depuis que nous en sommes informés, dit fortement le cardinal. Rien d'autre n'a compté pour nous et nous allions vous inviter à venir réfléchir avec nous lorsque vous avez appelé. »

Mgr Velter ne disait mot. Waldenhag se demanda si ce « nous » désignait le seul secrétaire d'État en sa majesté, ou le cardinal et l'archevêque, ou le cardinal, l'archevêque et des tiers. Ou bien. Ou bien le cardinal et le pape.

Mgr Chiaradia avait posé sa belle main sur l'enveloppe, qu'il fit glisser jusqu'à lui.

« Il y a des vérités qu'il faut savoir tenir cachées, reprit-il, le débit soudain plus rapide.

— Que voulez-vous dire ? demanda Waldenhag.

— L'Église n'est pas un syndicat qui aurait pour principal but de compter le plus d'adhérents possible. Elle a la responsabilité de l'humanité entière.

253

— Vous pensez que la preuve ferait plus de mal que de bien au monde ?

— Nous vous demandons solennellement, à l'un et à l'autre, de n'en jamais rien dire et de n'en plus rien savoir. Nous vous engageons à obtenir un absolu silence de ceux dans la Compagnie casuiste et ailleurs qui ont pu avoir vent ou connaissance de ce texte. »

Waldenhag était devenu blême, Le Dangeolet très rouge.

« Qu'est-ce que cela veut dire qu'étouffer la preuve de l'existence de Dieu ? articula le général à grand-peine.

— Ce n'est pas le premier secret sur Dieu qui va être tenu caché au Vatican, dit le cardinal. Ce ne sera pas le dernier. »

L'enveloppe n'était plus sur la table.

« Allons, conclut le secrétaire d'État, se levant, et invitant ses interlocuteurs à le suivre, dès demain vous serez surpris de voir comme votre vie reprend simplement son cours. »

À la porte il se tourna vers Waldenhag :

« Le dernier livre du père Ortiz me cause du souci, dit-il. Il faudra que nous en parlions. »

Lundi, 9 h 39

Les trois coups à sa porte firent sursauter Le Dangeolet.

« Entrez », dit-il d'une voix qu'il ne reconnut pas.

Ce n'était que Bizzi, pour la revue de presse, comme tous les jours à la même heure.

« Vous me pardonnerez mon retard, dit le jeune homme. Les journaux sont épais ce matin. »

Il avança lui-même son fauteuil et s'assit à toucher le bureau du provincial.

« Il y en a évidemment des kilos sur Petitgrand. Plus un événement est obscur, plus les gloses sont longues. Je vous ai fait un petit collage. Vous verrez, c'est assez cocasse. L'unique phrase de Petitgrand invoquant pour expliquer sa démission "la soudaine irruption du sens dans sa vie", ce testament en cinq mots donne lieu aux interprétations les plus diverses. Cela va de Machiavel à Freud, en passant et repassant par Deschanel : car enfin, l'hypothèse la plus souvent émise est que le bonhomme aurait déjanté — c'est dit un peu différemment. »

Le Dangeolet n'avait pas l'air de suivre. Bizzi n'était pas homme à perdre contenance pour si peu.

« Le gouvernement reste en place jusqu'à nouvel ordre, continua-t-il. L'Élysée consulte. On parle de Torrin pour succéder à Petitgrand. Pas si vite ! braille l'opposition, qui veut des explications, une enquête. Tout ça est assez drôle. »

Le Dangeolet ne riait pas. Bizzi passa à l'actualité religieuse.

« D'après *Le Parisien*, on a retrouvé le corps d'un prêtre dans la Seine. Ce n'est pas très grave, un prêtre plus ou moins réduit à l'état laïc, et qui ne tournait pas très rond, lui non plus. Je ne vous en parlerais pas si l'archevêché n'avait adressé un fax à la Province, il y a un quart d'heure, certifiant qu'il s'agit d'un suicide et demandant la plus grande discrétion sur cette affaire. Le pauvre bougre s'appelait Mauduit. »

Cette fois Bizzi eut l'impression d'avoir capté l'attention de son supérieur.

« La presse italienne a aussi son énigme, poursuivit-il. Le père Waldenhag aurait disparu. Vous êtes au courant de quelque chose ?

— Qu'est-ce que c'est que ce ragot ? dit lentement Le Dangeolet.

— Il a disparu vendredi, à ce que j'ai lu. On a commencé à s'inquiéter dans la nuit. Ce qui est troublant, c'est que l'alarme semble avoir été donnée par le Palazzo Pozzo. J'en finis là-dessus, vous n'aurez pas de mal à savoir le fin mot de l'histoire. Juste une citation, qui montre l'inventivité de la presse italienne : le père

258

Waldenhag aurait été vu à l'aube "en tenue d'éboueur au Trastevere".

— Allez, allez, dit Le Dangeolet, la voix blanche.

— Plus sérieux et plus ennuyeux. *La Croix* annonce que les pères Michalet et Schmuckermann quittent la Compagnie.

— Ça alors, parvint à articuler Le Dangeolet.

— Michalet entre à la Trappe, Schmuck choisirait l'érémitisme, dans la montagne suisse. Ni l'un ni l'autre ne s'est expliqué. L'étonnant est que vous les avez reçus tous les deux mercredi dernier ! »

Bizzi était rose de curiosité. Le Dangeolet s'efforça de donner le change.

« Étonnant, en effet. Il est vrai qu'ils en avaient gros sur le cœur contre la Compagnie. Vous savez ce que sont les théologiens. Il n'y a pas plus susceptible. Incapables de supporter la moindre réserve sur leurs travaux. Mais jamais mercredi je n'aurais pensé qu'ils envisageaient de nous quitter. »

Le provincial avait sur son bureau les deux lettres de Montgaroult et de Beaulieu. Ces deux autres démissions allaient être dures à dissimuler. Montgaroult n'était pas connu, mais Beaulieu, oui. Et la simultanéité de leurs départs serait relevée partout. Bizzi, surtout, ne devait rien savoir. Il aurait tôt fait l'addition : un Waldenhag, plus un Michalet, plus un Schmuckermann, plus un Beaulieu, plus un Montgaroult, total, cinq interlocuteurs de Le Dangeolet la semaine passée.

Il fallait — que fallait-il faire ?... Démentir les informations ? Et quand on parviendrait à les étouffer...

Des réactions en chaîne étaient à craindre, imprévisibles — de quelle nature ? dans quel ordre ? Lorsqu'on bouche une source, les résurgences sont fatales.

Le provincial vit les yeux de son secrétaire sur lui.

« Rien d'autre ? demanda-t-il.

— Non, dit Bizzi. Mais, pardonnez-moi, vous n'êtes pas bien... Quelque chose ne va pas ?

— Tout va très bien », dit Le Dangeolet dans un souffle. Il s'aperçut alors, baissant les yeux sur son bureau, qu'il transpirait au point que des gouttes de sueur coulant de son front s'étoilaient sur la lettre de Beaulieu.

Lundi, 10 h 12

Bizzi traversait le jardin, les lèvres serrées. Dominique eut pitié de lui. Il sortit du standard à son passage sous la voûte. Il allait tout lui dire. Tant pis. Il ne pouvait pas le laisser plus longtemps si mal.

« Jean, tu veux que je te donne la... », commença-t-il.

Mais Bizzi ne l'écoutait pas.

« Si on m'appelle, jeta-t-il sans marquer le pas, tu dis que je serai là très tard. J'ai un emploi du temps d'enfer, aujourd'hui. »

POSTFACE

« Qu'est-ce qu'un secret pontifical ?
— C'est une information que le Saint-Père ne doit connaître sous aucun prétexte. »

Chronique vaticane, été 1995.

DU MÊME AUTEUR

Aux Éditions Gallimard

LES CHAMBRES DU SUD, *roman*, 1981.

LE PREMIER PAS D'AMANTE, *roman*, 1983.

LE COIN DU VOILE, *roman*, 1996 (« Folio », n° *3104*).

LA FEMME DU PREMIER MINISTRE, *roman*, 1998 (« Folio », n° *3403*).

LE MOBILIER NATIONAL, *roman*, 2001 (« Folio », n° *3665*).

LE 31 DU MOIS D'AOÛT, *roman*, 2003 (« Folio », n° *4152*).

VOUS N'ÉCRIVEZ PLUS ?, *nouvelles*, 2006.

AU BON ROMAN, *roman*, 2009 (« Folio », n° *5074*).

LA TERRE AVAIT SÉCHÉ, *récit*, 2010.

Aux Éditions Albin Michel

LA RÉVOLUTION DU TEMPS CHOISI, en collaboration avec Jean-Baptiste de Foucauld et le Club Échange et Projets, 1980.

Aux Éditions du Seuil

18 H 35 : GRAND BONHEUR, *roman*, 1991.

UN FRÈRE, *roman*, 1994.

Aux Éditions Huguette Bouchardeau

MONSEIGNEUR DE TRÈS-HAUT suivi de LA TERRE DES FOLLES, *théâtre*, 2003.

Composition Jouve.
Impression CPI Bussière
à Saint-Amand (Cher), le 20 février 2010.
Dépôt légal : février 2010.
1er dépôt légal dans la collection : août 1998.
Numéro d'imprimeur : 100669/1.
ISBN 978-2-07-040540-4./Imprimé en France.